集英社オレンジ文庫

宝石商リチャード氏の謎鑑定

少年と螺鈿箪笥

辻村七子

本書は書き下ろしです。

CONTENTS

case.1 少年と螺鈿細工 009
case.2 友達とブレスレット 077
case.3 女の子とダイヤモンド 131
case.4 少年と螺鈿細工と真実 189
case.4.5 大人たちと名刺入れ 285
extra case. その頃のエトランジェ 301

CHARACTER

中《なか》田《た》正《せい》義《ぎ》

東京都出身。大学卒業後、アルバイトをしていた縁でリチャードの秘書に。名の通り、まっすぐだが妙なところで迂闊な〝正義の味方〟。

リチャード・ラナシンハ・ドヴルピアン

日本人以上に流麗な日本語を操る英国人の敏腕宝石商。誰もが啞然とするレベルの性別を超えた絶世の美人。甘いものに目がない。

イラスト／雪広うたこ

宝石商
リチャード氏の
謎鑑定

少年と螺鈿簞笥

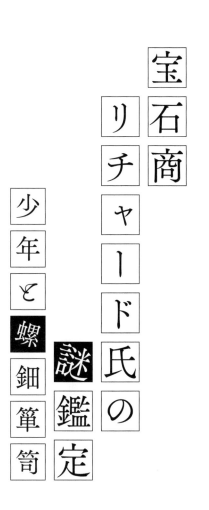

最初におことわりしておきたい。

ひと一人の人生を物語にたとえるのなら、これは俺の物語ではない。リチャードの物語でもない。

霧江《きりえ》みのるくんという、ある男の子の物語だ。

彼は中学一年生で、一人っ子で、お母さんと二人で暮らしている。背の高さは百五十五センチ、好きな食べ物はカレーで、友達は少ない。

彼は俺ではないし、リチャードでもない。

とはいえ、常々思うことなのだが、ひとの一生は、たった一人で紡《つむ》ぐ物語なのだろうか？

『人は一人では生きていけない』という言葉に、俺はある程度賛同するが、全面的にはそうでもないだろうと思っている。やろうと思えばできないことはないだろう。そういう生き方もある。外の世界の雑音にとらわれず、自分一人で大海原に漕《こ》ぎだしてゆけばいい。厳しいけれど、そういう生き方を選ぶ人もいる。

でも俺の人生は、おそらくそのコースではない。

みのるくんの人生も、たぶん違うだろう。

生きている限り、誰かしらとは出会うものだ。そしてその誰かは、その人の人生に何かしらの痕跡《こんせき》を残してゆく。たまに訪れるコンビニの店員さんであっても、親兄弟であっても、程度の差はあれ同じように。

人と人との間には、必ず小さな時間の重なり合いがあるのだ。

人生はたぶん、ちょっとずつ重なり合った円のようなものなのだと思う。

重なり合うことで大きくなる、雨の池の水紋のように。


これはみのるくんの物語だ。それは確かなことだ。

だが彼の物語は、俺の物語でも、リチャードの物語でもある。少なくともその一部は重なり合っている。間違いなく。

俺はそれが嬉《うれ》しい。

case. 1

少年と螺鈿細工

――怖いこと言うけど、怖いこと言うけど、あんた今日死んでたかもしれへんのやで。

眼鏡をかけたポニーテールのおばさんが、そう言ってみのるの顔を覗《のぞ》き込んでいた。

みのるの中にある、一番古い記憶のひとつである。

四歳か、五歳の夏だった。

その日の午後、自分が何をしていたのかみのるはよく覚えていた。お父さんと二人で公園でボール遊びをしていたら、お父さんが先に帰ってしまったので、一人で家まで歩いて帰ることになった。ボールを蹴《け》りながら歩いていたら、ブロック塀にぶつかったボールが跳ね返って車道に転がって、慌《あわ》てて追いかけて走ったら、目の前で白い乗用車がキーッと音を立てて止まった。

しゅわしゅわしゅわ、というセミの声が、ほんの一瞬、消え去ったような気がした。

何だかよくわからず、ボールを抱いてぼーっとしていたら、止まった車からおばさんが降りてきた。おばさんは怖い顔をして、大きな声でみのるに尋《たず》ねた。

「親は？　お母さんやお父さんは、どこにおるの？」

テレビでしか聞いたことのない喋《しゃべ》り方の人だった。

お父さんもお母さんも、見ず知らずの人と話すのが好きではないとわかっていたので、みのるは何も言わずに黙っていたが、おばさんは譲らなかった。ちょっと泣きそうな顔をしていたけれど、みのるにはその理由がわからなくて、泣くほど怒っているんだとしたらどうしようと思って怖かった。

　結局みのるは根負けして、おばさんを家まで案内した。

　車をゆっくり走らせて、みのるの家の前に横付けすると、おばさんはみのるのお母さんに深々と頭を下げた。そして何か難しい話をした。しばらく話すと、お母さんが血相を変えたので、みのるは自分が何か悪いことをしたのだと悟った。お母さんは「どうして飛び出したりしたの」とみのるを叱り、それでみのるは初めて、自分が出てはいけないところに走り出てしまったことを理解した。それでもまだ、家に知らない人がいるのが不思議で、なんとなく周りの全てが遠くにあるような気がして、ぼうっとしていることしかできなかった。

　おばさんは何度も何度もお母さんに頭を下げて謝っていた。お母さんも同じくらい頭を下げて謝り返している。その両方を眺めていたみのるは、最後におばさんが自分をにらんできたので驚いた。お母さんに謝っていたのだから、もうみのるがやった悪いことは、どうでもいいことになったんじゃないのかなと思っていたのだが、違った。

　おばさんは、みのると目の高さが同じになるようにしゃがんで、あの言葉を告げた。

　――あんた今日死んでたかもしれへんのやで。

　おばさんは二回も『怖いこと言うけど』と前置きしてくれたが、みのるは別に、怖いとも嫌だとも思わなかった。

何を言われているのか、本当によくわからなかった。

『死んでた』ってどういうことなのだろう?

生きているという状態は、わかる。心臓が動いて息をしていることのはずだ。みのるの心臓は動いていて、息もしている。止まったことはない。

死んでいたらどうなっていたんだろう?

あれから十年近く経《た》って十三歳になろうとしている今も、みのるは時々、そのことを考えた。

今日のような春の日でも。入学したばかりの中学校の帰り道でも。

「らっしゃーせー。しゃーせー」

ピロリロ、ピロリロと、誰かがドラッグストアに入るたび音がする。駅前のビルの一階、スーパーとフラワーショップの隙間《すきま》に間借りしているような、小さなスペースで営業している店だった。

カウンターにいる茶髪の男性店員は、音がするたび入り口に目を向けていた。店の奥の棚の後ろにいるみのるのことは見ていない。めんぼう、リップクリーム、ばんそうこう、そんなものが雑然と並んでいるコーナーだった。少し頭を下げると、百五十五センチしかないみのるは棚の陰《かげ》に隠れてしまう。

誰もみのるを見ていない。

誰も。

みのるはつばをのみこんだ。

心臓が耳の中に移動してきて、どくどくと鼓膜の隣で動いているような気がした。

ピロリロ、という音がまた聞こえた。

「らっしゃーせー」

みのるは思い切り手を突き出し、バラ売りのばんそうこうをわしづかみにした。百円の値札がついた、ちっぽけなビニールの袋だった。

袋を制服のズボンのポケットに押し込む。

周りには誰もいない。

心臓は相変わらずうるさかった。

何も感じていないふりをしながら、みのるはドラッグストアの通路を歩いた。このままお店を出てしまえば、何事もなく出てしまえば、それで全部いいはずだった。何が『いい』のかよくわからなかったが、それでいいはずだった。誰にも見つからず、そういうことができるなら、それでいいはずだった。

狭い店の中を、みのるはきびきびと歩いた。口紅の並んだ棚と、シャンプーやリンスの入った棚がぶつかる角をまがり、まっすぐ進んで、自動ドアを出ようとした時。

「わっ」

「おっと」

みのるは誰かにぶつかった。

背の高い、淡いグレーのスーツの男の人で、不思議な金属のように輝く藤《ふじ》色のネクタイをしめていた。

すみませんと小声で謝り、みのるは素早く身をひるがえした。ただ店を出たかった。早く出たかった。誰かが買っているところなんてめったに見ない新聞のラックが邪魔だった。あと二歩で外に出られる。

その時。

「ちょい待って。そこの子。待って」

らっしゃーせー、しか言わないロボットだった店員が、みのるを見ていた。

カウンターから出て、店員は小走りにやってきた。凍りついたように動けないみのるに、店員は無表情に告げた。

「ポケットの中見せてくれる?」

どくん、と心臓がうった。

「…………え?」

「ポケットの中を見せて」

「……なんで」

「いや、わかってるでしょ」

どくん。どくん。どくん。

店員は店の角、みのるがいた場所のすぐ背後を指さした。

「あそこの角、監視カメラあるんだよね」

「…………………」

「出して。今」

神さまのように冷たく、きっぱりとした声だった。

みのるはポケットに手を入れ、奥を指で探った。

だが。

「…………あれ？　あれっ、えっ」

「どうしたの」

「……ない、です。ありません」

「ちょっと見てもいい？」

「…………」

歩み寄ってきた店員に、みのるは自分のポケットを大きく広げて見せた。

なかった。

黒い空洞のように、布と布の切れ目があるだけだった。

「え？」

店員とみのるは、揃《そろ》って顔を見合わせた。

あるはずのものがない。すっぽりと消えてしまった。

レジ待ちのおじいさんが、おほんと声をあげて咳《せき》払いをした。店員は気まずそうに茶色い頭をもりもりとかき、おっかしーなーと呟《つぶや》いた。

「見間違いした……？」

みのるは一人、取り残され、カウンターに戻った店員はレジ打ちを始めた。

それ以上のおとがめはなさそうだった。

へたりこみそうになり、壁にもたれたみのるは、ふと背中に気配を感じた。後ろから見られているような気がした。ゆっくりと振り返ると、確かに誰かがみのるを見ていた。

狭い店の、シャンプーやリンスの棚のすぐ前。

藤色のネクタイの男の人は、右手に何かを持っていた。

魔法の道具を携《たずさ》えた魔法使いのように、男はゆっくりと、手の品をみのるに示した。

小さなビニールの袋――ばんそうこうの袋。

「……！」

みのるは息をのみ、店を出て、走り出した。

ピロリロ、ピロリロ、という音が、遠くから追いかけてくる。

走りながら、みのるは悟った。

見られていた。あの男の人に、全部見られていたのだと。

全部見ていて、ぶつかった時、みのるのポケットからばんそうこうを奪った。

そうとしか考えられない。

でも何のためにそんなことを？　それはわからない。

すりの親玉、やくざ、闇《やみ》世界の人、ぶっそうな単語がみのるの頭の中をかけめぐった。

他人のポケットの中にあるものを、ばれずにサッと取ることができるのだから、他にもいろいろと怖いことができそうな気がした。たとえば後ろからやってきて、肩に手を置いて、みのるを恐喝《きょうかつ》するようなことも。

全部見てたんだよ、俺の言うことを聞けよ、と。

歩道橋を渡り、濁った川を越え、コンビニの角を曲がって、みのるは走り続けた。息が切れて足が止まるまで走った。

海が見える坂の上に到着した時、みのるは慌ただしくあたりを見まわした。

誰もついてきていない。

スーツの男の姿はなかった。

「…………はあ……は……」

みのるは大きなため息をついた。

そこからは足を引きずるように歩いた。体の全部が重たかった。よくよく考えると、どうしてばんそうこうを盗もうとしたのか、考えれば考えるほどわからない。ケガがあるわけでもない今、ばんそうこうなんて特に必要ないものである。にもかかわらず、どうしてもどうしても手に入れたくて、あれが手に入らなければ死んでしまうような気がした。あんた死んでたかもしれへんのやでと言われた時のように、自分が自分でないような、ふっと空中に浮かび上がったような気持ちになりたくて、気づいた時にはポケットに押し込んでいた。

「…………」

ぼんやりと頭にかかった、靄《もや》のようなものが晴れたあと、急にみじめな気持ちになった。

薄曇《うすぐも》りの夕暮れの道を、みのるは静かに歩いた。犬の散歩をしている人や、近くにある私立学校の制服を着た中学生や高校生と、時折すれ違う。

みのるの家があるのは、二つの大きな駅のちょうど間のあたりだった。どちらの駅からもまんべんなく遠い。しかも坂を上らなければならない。

おまけに周りは全て、高そうな家ばかりだった。

山手《やまて》、古い言葉では『ブラフ』と呼ばれるこの坂の上は、みのるが住んでいる町でも有数の『おたかい』ところであるそうだった。それはかつては来航した西洋人たちが住み、今は観光地になっている洋館の雰囲気だけの話ではなく、現在の土地の値段のことでもあるらしい。少し歩くだけで、いろいろな種類の豪邸が目に飛び込んでくる。一面ガラスばりになった三階建ての家。電動シャッターつきの巨大な車庫のある家。駐車場にボートを積んだトラックが停まったログハウス風の家。

みんなお金持ちの家だった。

みのるの家は、数少ない例外である。

まがりくねった道を歩き続け、豪邸の間を抜けた場所に、それは出現した。

広大な空き地。

のように見える、うっそうと植物の茂る土地。

縦横に五十メートル以上広がる、まるで何かの公共施設のような敷地。

その真ん中に佇《たたず》む、三階建ての洋館の影。

近所の人々の言うところの、『ジャングル屋敷』だった。

いわゆる異人館ではなく、もっとあとの時代に建てられたものらしいという話は、ご町内の噂《うわさ》話程度に知っていた。電気水道が完備された時代のもので、昭和の大金持ちが造った『西洋館風』のお屋敷らしいということも。

だが誰も、中に人がいるところを見たことがない。庭仕事をする人すらない。使われている様子は全くない。

それでも『売地』の看板が立つことはない。誰かの土地ではあるらしい。

幽霊の噂も少しだけ、ある。だが見たことがないので、たぶん嘘《うそ》だとみのるは思っていた。

何しろみのるの家は、ジャングル屋敷のすぐ隣である。

広大なジャングル屋敷の敷地は、おとぎばなしに出てくるお城のように、大人の背丈より高い鉄の柵で四方を囲まれている。だが通りに面した一辺の片隅《すみ》だけ、柵のかわりに小さな家が寄り添っていた。二階建てで、各階に部屋が二つずつしかない、家というより倉庫のような建物である。かたく閉ざされた屋敷の門扉《もんぴ》から数メートルほどしか離れていないので、通りかかった観光客が守衛室か何かと思って訪れることもある。

そこがみのるの家だった。

木目の入った黄色い板の玄関ドアを、みのるは静かに見つめた。

想像するのは簡単だった。ドアを開けるとすぐ台所で、向かって左側にはトイレとお風呂があり、右側の部屋には白い半透明のゴミ袋が詰まっている。階段を上がるとみのるとお母さんの寝る部屋で、お母さんは今もそこで寝ているはずだった。周囲を守るように、また半透明のゴミ袋が並んでいる。

捨てていいのなら捨てたかったが、みのるがゴミ袋に触ろうとすると、お母さんはいつも怒った。中に何が入っているのかみのるにはもうよくわからなかったが、ともかくお母さんは何も捨てたくないのだった。

最近のお母さんはずっと寝ていた。起きている時間のほうが珍しくて、それでもみのるは寝ているお母さんのほうが好きだった。起きている時のお母さんは、なにかよくわからないことを言っているだけで、みのるのことを認識しているかどうかも定かではない。児童相談所の福田《ふくだ》さんがやってくる時だけは、少しだけみづくろいをして「大丈夫です」「問題ないです」と答えるが、それ以外の時には、まるでゴミ袋のひとつになったように潰れているのが常だった。病院にはもう、長い間通っていない。寝ていればだんだんよくなるから、とみのるには告げたが、嘘であることくらいわかっていた。みのるが小学校高学年の時から同じ状態なのだから、とっくに元気になっていなければ、少なくとも多少は回復していなければおかしい。

「…………」

みのるは自分の家に入るのをやめた。そのかわり、家の横を通って裏手に回った。ジャングル屋敷に続く、小さな扉がある。

何故《なぜ》かみのるの家とジャングル屋敷の間には、みのるの背丈と同じくらいの高さの門がついていた。もちろん鎖で閉ざされているが、家の裏に置きっぱなしにしている、百円ショップのバケツを三つ重ねれば、飛び越えられる高さである。

地面に青いバケツを重ねて、みのるは足を大きく上げた。

制服の膝《ひざ》を、門のとがったところで擦《こす》りながら、みのるは門を飛び越えた。

転がり落ちるように、ジャングル屋敷の草の上に着地し、服をはたいて歩き出す。

ジャングル屋敷の庭は、周囲にある豪邸の庭よりもひときわ広く、犬を連れて走り回ることもできそうだったが、その全てが生《お》い茂る植物に覆《おお》われている今は不可能な話だった。洋館の屋根よりも高く育った木。南国っぽい中くらいの背丈の木。放置された生垣のような低い木。数えきれないほどの種類の、多種多様な緑色の植物。まだ日は落ちきっていない時刻だというのに、あたりは夜のように暗い。屋敷の庭は全て、巨大な木陰《こかげ》の中だった。

薄暗がりの中にいると、みのるはほっとした。

ドラッグストアの謎の男も、ここまでは追ってくるはずがない。

他の誰も、世界の何も、みのるのところにはやってこない。

家の中よりもずっと安心できた。

もしここで誰かが死んでいても、誰にも発見されないだろうなと、みのるは時々空想した。

もし本当に幽霊が出るのだとしたら、ここで死んでいる誰かかもしれない。自分がその死体を発見したら、どんなことになるだろう。静かな町内が大騒ぎになって、警察もやってきて、テレビ局もやってきて、周囲の環境が変わって、お母さんもちょっと元気になるかもしれない――。

考えるだけで、みのるは少し楽しかった。

本当にそんなことが起こるはずはないとしても。

がさがさと植物をかきわけて、お気に入りの一番大きな樹の下に座り込み、みのるは膝を抱えた。桜が散り始めた頃とはいえ、まだ空気は冷たかったが、冬の服を着ているみのるにはちょうどよかった。春の服を取り出すには、二階の部屋中のゴミ袋をどこかに寄せて、押し入れが開くようにしなければならない。そのためにはお母さんが布団から起き上がる必要があって、そうなるとお母さんは調子が悪くなるに決まっていて、そんなことになるなら夏になるまでずっと冬の服を着ているほうがましだった。

今年の春がもっとずっと寒いといいな、と思いながら、みのるは顔を上げ。

ふと気づいた。

ジャングル屋敷の『屋敷』本体が、いつもとどこか違っている。

雨戸が——屋敷の窓全部を覆っているはずの木の板が、何枚か外されていた。

三階建ての屋敷の、二階のガラスの窓の一部、みのるの家に近い部分だけ、屋敷の中が見えるのである。

みのるの心臓は早鐘をうった。何故。どうして。誰が。何かの事故？　不動産屋さん？　それとも何か別の理由で？

「……えっ」

みのるは思わず声をあげた。

ジャングル屋敷の中、屋敷そのものの中に。

何かがいた。

ぼんやりとしてはいるが、明らかに人影である。

金色の髪、人魂《ひとだま》のように青白い瞳。

この世のものとは思えないほど優美な、均整の取れた横顔。

人影はあっという間に、右から左に動いて消えてしまった。

「ゆっ、ゆうっ…………ゆう、れい……！」

口に出した瞬間、みのるは両手で口を覆った。通り過ぎた人影が、自分の後ろにワープしてきて、びっくりするほど美しい顔を見せつけてくるかもしれなかった。しかしもう半分の横顔は腐っているかもしれない。何故なら幽霊だから――

みのるは立ち上がり、なるべく音をたてないようにもと来た道を戻った。日は落ちきろうとしている。その前に家に戻りたかった。何としてでも戻りたかった。早く、早く、早く。

門を乗り越えて、家の裏手に着地した時、みのるは激しく右膝を門に擦りつけてしまった。制服ごしに皮膚《ひふ》がざっくりとえぐれた感触があり、しばらく触っていると濡れてきた。血が出ている。痛かった。

「…………」

もし本当にばんそうこうを盗むことに成功していたら、今ここで使えたのになと、みのるは少しだけ考えた。盗んでいなくてよかったという安堵《あんど》感もあったが、盗もうとした時に覚えた、空に浮かび上がるような感覚は忘れられそうになかった。

「………ただいま」

玄関のドアを開けても、返事はなかった。風呂場のシャワーで膝を洗っている最中にも、返事はなかった。だが人の気配はある。お母さんは二階で寝ているようだった。

結局近いうちにいつか、自分は何か、どうでもいいものを、心底どうでもいいものを盗んで、それを誰かに見つかるのかもしれないな、とみのるは思った。

そしてどんなものを盗むのであれ、みのる自身ほど『どうでもいいもの』は、一つもないのだろうとも。

翌日の中学校生活は、いつもと同じように過ぎていった。

横浜《よこはま》市立開帆《かいはん》中学校。それがみのるの中学校の名前だった。

朝の八時十分に教室に到着し、みのるは特に誰とも喋らず、発言もせず授業を過ごし、お昼の時間には量販店の安売りで買いだめしている菓子パンを食べた。みのるの通う中学校の昼食は、クラス全員が同じものを食べるスタイルではなく、学校で弁当を注文した人は弁当を、家から弁当箱を持ってきた人はそれをというタイプで、みのるはそこに救われていた。クラスの後ろのほうでは、中国人のクラスメイトたちが、賑やかな中国語で会話しながら弁当を食べている。みのるの通う中学は、全校生徒の三分の一ほどが日本以外の国籍を持っているので、ちんぷんかんぷんの言葉が飛び交うのは日常である。入学して最初のオリエンテーションの時間に聞かされた通りだった。学校中の『職員室』『図書室』などの札は、当然のように日本語中国語韓国語の三カ国語で記されている。そういう学校だった。先生は毎日みんな忙しそうにしている。

毎日ずっと一人で菓子パンを食べていても、悪目立ちしないところがありがたかった。

放課後、当番だった教室掃除を適当に終え、そそくさと帰ろうとした時。

担任の川口《かわぐち》先生が、廊下からひょっこりと顔を出し、みのるの名前を呼んだ。がっしりとした男の先生で、いつも白いポロシャツを着ている。

「霧江《きりえ》」

「はい」

「相談室に来られるか。福田さんが来てる」

「……はい」

みのるはぼんやりと返事をした。児童相談所の福田さんは、眼鏡をかけた五十歳くらいの男の人で、小学五年生の頃から時々、家や学校にやってきて、「お母さんの具合はどう？」「学校生活は？」など、優しい調子で尋ねてくれる人である。中学校に入学する時も、お母さんに代わって就学手続きを書くのを手伝ってくれた。児童相談所にはあまりいい思い出がなかったが、福田さんは嫌いではなかった。

何週間か前に知り合いになったばかりの中学校の先生が、『福田さん』といえば誰なのかみのるにわかると知っていることだけが、少しつらかった。

川口先生のあとについて、みのるは相談室へ向かった。

「…………」

何でも相談してねと、福田さんは常々言っていた。みのるはそんなに何でも相談したいタイプではなかったが、万引きをしかけたことを言ってしまおうかと、今日ばかりは考えていた。ただし万引きをしたはずだったのに、何故かポケットの中の物が消えて、不思議な男の人がその品物を持っていたことは省く。そんなことを言ったら意味不明な妄想《もうそう》だと思われて、また児童相談所のよくわからない施設にしばらく入ることになって、お母さんを死ぬほど動揺させそうな気がした。

みのるの中学の校舎は屋上つきの四階建てで、その三階の端が相談室だった。

「失礼します」

大きな声でそう言ってから、川口先生は引き戸の扉を開けた。ゴムの戸車が音もなくレールの上を滑る。

川口先生の後ろから、みのるは相談室の中を見た。

中にいるのは、ワイシャツの上にベージュ色のベストを着た福田さんと。

もう一人――

「こんにちは」

めまいがした。

目の前にあの男の人が立っていた。あの時とは違う紺《こん》色のスーツで、あの時よりも少しフォーマルな雰囲気に髪の毛をセットしているけれど、間違いなく。

あの時の男の人だった。

心臓が止まりそうな思いで、みのるが立ち尽くしていると、川口先生が手招きした。呆《ぼう》然《ぜん》とし、逃げることもできず、促《うなが》されるまま前に進むと、川口先生はそっと扉を閉めた。

福田さんはにこにこしながらみのるを見ていた。

「久しぶりだね、みのるくん。中学校はどう?」

「…………」

「ああ、彼が気になるよね。こちらの人は……どうぞ自己紹介してあげてください」

「こんにちは。中田正義《なかたせいぎ》です。霧江くん、はじめまして」

百人のうち九十九人に好かれそうな、さわやかで芯のある声だった。

男の人は――中田正義は微《かす》かに頭を下げ、みのるだけに向かって笑った。

みのるにだけわかるよう、秘密の言葉を伝えるように。

本当ははじめましてじゃないよね、と。

みのるの心臓は爆発しそうだった。

逃げきれたと思っていた。追いかけてこなかったと思っていた。だが違った。

もうずっと前から、彼はみのるを待ち構えていた。

叫び出してしまいたい気持ちを抑《おさ》えながら、みのるは福田さんを見た。何故この人が。何故ここに。何故福田さんと一緒に。福田さんは相変わらずにこにこしていたが、どことなく困っているようにも見えた。それを笑顔でごまかしている。

中田正義は喋った。

「自分は、霧江くんの遠縁の親戚なんだ。実は今までも何回かお家《うち》に伺ったんだけど、お話ができなかったから、学校と福田さんに無理を言って、霧江くんが学校にいる時に紹介してもらったんだ。急なことになって、本当にごめん。びっくりしたよね」

みのるには言葉の意味が半分もわからなかった。親戚。中田正義はみのるの親戚だという。ありえない話に思えた。みのるのお母さんは小さい頃からたびたび「親戚だという人はみんな他人だから信じてはだめ」とみのるに繰り返し聞かせ続けていた。なんでうちには親戚がいないのと尋ねても、決して明確な答えはなかったが、ともかくいないものはいないはずである。

仮に。

本当に中田正義が、みのるの親戚であるとしても。

他人のポケットの中から、まるでプロのすり師のように、ばんそうこうの袋を取り出して盗み出せるような男の人を、どうやって信用しろというのか。

何も言えず、目元に力を入れて黙り込んでいるみのるを、中田正義は穏やかに見つめていた。呆《あき》れるでもなく、福田さんのように笑ってごまかすでもない。黙っていれば帰ってくれないかなとみのるは少し期待していたが、中田正義は帰りそうもなかった。

福田さんはわざとらしく思い出したように喋った。

「みのるくん、このあと何か予定はあるかな？　よければ今日は、私と中田さんと三人で、ちょっとお茶でも飲みに行きたいんだけど。甘いものは好き？　たとえば、バターサンドとか、ショートケーキとか」

福田さんに質問されても、みのるは黙っていた。甘いものは好きだった。しかしそんなものはもう百年くらい食べていない気がした。毎日口にいれるのは、水とお茶と、量販店で安売りされている時に買いに買った袋詰めの菓子パンと、同じ店で買ったレトルトの雑《ぞう》炊《すい》ばかりである。

学校でお弁当を買うためには、一日あたり三百三十円かかる。

みのるの家にとって、三百三十円は高かった。

そもそもお母さんは働いていない。地銀と郵便局の口座には、それなりの額の貯金があったが、生活するだけでお金はどんどん出てゆく。児童手当というものを月々いくらかもらっていることは福田さんから聞いて知っていたし、一日中寝ているお母さんは無駄遣いなどするはずもなかったが、それでも電気水道代やガス代を払えばお金は減った。毎月コンビニで公共料金を振り込んでいるみのるにはそれがよくわかった。

ましてやバターサンドや、ショートケーキなど。

考えるだけでつらくなるので、そもそも世界に存在しないでほしかった。

みのるは床を見て喋った。

「…………今日は、予定があるので、帰ります」

「え？　でもね、せっかく中田さんが」

「いいんです。福田さん。自分がいきなり押しかけてしまったので」

中田正義が口を開くたび、みのるは体をかたくした。お前のことは知っているぞと、言葉の奥から声にならない声が響いてくるような気がした。

川口先生が部屋を出てゆくのと一緒に、みのるも部屋から退出した。逃げたかった。中田正義のいないところに逃げたかった。だがみのるの家も、お母さんのことも知られているし、福田さんともつながりがあるという。

どこへ行けば逃げられるのか、見当もつかなかった。

三階から一階へと、よろよろと階段を下りてゆく途中、みのるは見知った顔に出会った。

「霧江ぇ、呼び出しくらってたの?」

「…………」

話しかけてきたのは、同じクラスで隣の席の、赤木《あかぎ》という生徒だった。クラスの中では背の高いほうで、体格もいい。身長は一七〇センチ近くありそうだった。

「何したの? ヤバいこと?」

聞こえなかったふりをしてみのるが通り過ぎると、無視かよお、という煽《あお》るような声が聞こえてきた。小学校時代、赤木はなにか格闘技をやっていたという噂があり、クラスメイトたちには少しだけ恐れられ、丁寧に対応されている枠の男子だったが、今のみのるに構っている余裕はなかった。

中田正義。

忘れられそうにない名前だったし、なんなら今夜夢に出てきて、みのるをよその国に売り飛ばしそうな気がした。山手の街ではしょっちゅう『赤い靴』のメロディが流れている。異人さんに連れられて行っちゃった女の子の話は、つまりそういうことのはずだった。

でも。

はたとみのるは考えた。

どこへ『行っちゃった』のだとしても。

それはそれで、もしかしたら悪くないのかもしれないと。

ここではないどこかへ、空に浮かび上がるように行ってしまいたいと思うことと、異人さんに連れられて行っちゃうことは、それほど違わない気がした。

でも売られるとしたらどこに売られるのだろう。東南アジアとか？　でも東南アジアってどこだろう。東南というからには東で南のほうのはずだけれど、日本の東南にアジアの国はあったっけ？　小学校で習ったような気もしたが、よく覚えていなかった。

夢を組み立てるように、ぼんやりと考えながら、みのるは靴に履《は》きかえ、校門を出て下校しようとした。繁華街にも近い学校は車道に囲まれていて、歩道はとても狭い。

最寄りの駅の方向へと歩き始めた、その時。

「待って」

声がみのるを呼び止めた。

スーツの上着を腕に持った中田正義が、小走りにみのるに近づいてきた。走って逃げたかったが、足がすくんで動けなかった。

中田正義は少し困ったような笑みを浮かべながら、みのるの前で腰をかがめ視線を合わせ、何かを差し出した。

「これ」

「…………」

ばんそうこうの箱だった。

袋に入っているタイプではなく、二十枚入りと書かれている。百円では買えそうになかった。

「使って」

みのるは目を見開いた。制服の長ズボンで隠れている膝は確かに今も痛かったが、中田正義がそんなことを知っているはずがない。知っているはずはないが、ひょっとして透視能力のような力があって、そういうこともわかってしまうのかもしれなかった。

怖かった。

だが同時に、目の前の男の人をどこかで信じたいと思っている自分がいるのが不思議だった。

確かに福田さんは、時々食べ物や服の差し入れをくれた。でもそれはみのるだけにではなく、みのるとお母さんの二人にくれるもので、どちらかというとみのるを通してお母さんに寄り添っている感じがした。

だが中田正義は、みのるだけを見ている。

他の誰でもない、みのるだけを。

みのるは思い切って、自分から尋ねることにした。

「…………あなたは、誰なんですか」

「中田正義。東京から来た。霧江くんの力になりたいと思ってる」

　力になりたい。時々福田さんも口にする言葉だった。だがそれが具体的にどういうことなのかはわからない。力を貸してほしいと思うようなことも、みのるには特に思い浮かばなかった。もしかしたらあるのかもしれなかったが、力になるという言葉と、現実の困った事柄とが、頭の中でうまく結びつかない。

「……児童相談所の人？」

「ただのビジネスマンだよ。個人秘書をしてる」

「会社員ってことですか？」

「そんな感じかな。小さい会社だけど」

　中田正義は誇らしそうに笑った。小さい会社と言いつつ、中田正義はその会社が好きなようだった。でも何故そんな人が、みのるに力を貸したいと思っているのだろう？　そこが全くわからない。ましてやばんそうこうをくれるなんて。

　みのるはおずおずと尋ねた。

「……………あの、ドラッグストアで……」

「ああ。びっくりさせちゃったよね。あの時は俺も、自分が何やってるのかよくわかってなくて」

「…………」

中田正義はみのるを責めなかった。ただ自分がやったことを、何故か少し弁解していた。不可解で、恥ずかしくて、胸が軋《きし》むようにつらくて、ちょっとだけ嬉《うれ》しかった。

中田正義はもう一度、少し困ったような、じんわりと感情の染み出した表情で笑った。感情の名前はおそらく、喜びと、優しさと――悲しみだった。

「また会いに来てもいいかな」

「…………わからないです」

「じゃあ会いに来ちゃうと思う。これ、俺の名刺。いつでも連絡して」

そう言って中田正義は、腕にかけた上着の懐《ふところ》から――高そうな横文字のタグがついていた――黒くて平べったい、四角いケースを取り出した。木製のようで、天面に何かきらきら輝く白っぽい石のようなものがはめこまれていて、二羽の蝶《ちょう》をかたどっている。石のきらめきに、みのるは吸い込まれそうになった。中田正義は笑った。

「ああ、これ？　貝殻だよ。キラキラする部分を薄く切って、貼ってある」

「貝殻…………」

もしかしたら自分は貝殻の細工をする工場に売られるのかもしれない、とみのるは思った。それがどんなところなのかは全くわからなかったが、日本ではないような気がした。異人さんに連れられて行っちゃった。中田正義は日本的な顔立ちをしているものの、雰囲気は限りなく『異人さん』に近かった。

中田正義は一枚、白い名刺を取り出したあと、何故か名刺を元に戻して、今度は名刺入れをひっくり返した。全てのカードが手の平に出てきてしまう。

無数のカードを、中田正義はそのままズボンのポケットに突っ込んだ。ほぼ空になった名刺入れに、一枚だけカードが残っている。

中田正義はそれをみのるに差し出した。カードだけではなく、名刺入れごと。

「えっ？」

「あげる。使って。名刺入れは他にもあるから」

「でも」

みのるは慌てて首を横に振った。今度こそ百円どころの品ではないことは明らかである。中田正義は屈託のない顔で笑っていた。

「お近づきのしるし」

「……おちか……？」

「『あなたに会えて嬉しいです』って意味かな。それじゃあまた、近いうちに」

中田正義は小さくウインクした。みのるは現実にウインクをする人を初めて見た。そういえば中田正義は、テレビの中の人のように整った造作の持ち主だった。

ぽかんとしているうち、中田正義は路肩に停めた車に慌てて戻り、クラクションを鳴らす後続車に一礼してから、ぎゅんと発進させた。青くて大きい四輪駆動車で、ボンネットにひろげた翼のエンブレムがついている。お金持ちっぽい車だった。

黒い名刺入れを持ったまま、立ち尽くしていたみのるは、再び背後から声をかけられた。今度は福田さんだった。

「みのるくん、中田さんと一緒に行かなかったのかい」

「え?」

「彼はこれから、君の家に行くって言っていたけれど……」

福田さんの言うことが正しいのなら、それは中田正義がお母さんに会いに行くということだった。では何故そうと言ってくれなかったのか。みのるは考えた。何かみのるには伝えにくいことをするとか。たとえばお金の話とか。あるいはその前にどこかに寄り道する用事があって、みのるを付き合わせるのは悪いと思ったとか。

さもなければ、その場にみのるがいないほうがいいと思ったのか。

自分は一体どうすべきなのかと青くなるみのるに、福田さんは笑って告げた。朗《ほが》らかな笑いではなく、絞り出したような微笑だった。

「ねえみのるくん、よければやっぱり、話ができないかな。お家の近くの公園でいいから、ちょっとだけ座って」

「……はい」

みのるは慌てて黒い名刺入れをポケットに隠し、福田さんに従い、家へと続く道を歩き始めた。

　青い車の影はもう、どこにも見えなかった。


「入院？」

「あくまでも可能性だよ。でも、新しい支援が必要な局面だと思う。霧江ゆらさんの将来だけではなく、みのるくんの将来にも関わってくる」

　福田さんは時々、みのるのお母さんを『霧江ゆらさん』とフルネームで呼んだ。みのるもどこかで、お母さんのことを『ゆらさん』だと思っていることが不思議だった。もちろんお母さんはお母さんだったが、それでもやっぱり自分とは違う人なんだと思うことは、小さい頃からみのるには当たり前のことで、でもそれを友達に話すと変な顔をされるので黙っていた。

『霧江ゆらさん』は、入院する必要があるかもしれない、と福田さんは言った。

　それはつまりみのるが、ひとりぼっちになるということだった。

「少なくとも医療機関にかかって、今後の方針を見極める必要があることは確かだと思う」

「でもお母さん……外に、出ません」

「そうだね。でも来年も、再来年も、五年後も外に出ないでいることは、おそらくできない。私たちはその先も、ゆらさんとみのるくんに元気でいてほしいんだ。わかるだろう?」

　穏やかな疑問文を、みのるは噛《か》み締めた。こういうふうに福田さんがみのるの答えを待っているのは、もう決まった答えが存在する時だった。

　お母さんにはなにか、『新しい支援』が入る。それは確定事項であるようだった。

　黙り込むみのるに、福田さんは穏やかに話しかけた。

「お母さんに支援介入、つまり、病院に行ったり、その後のことを話し合って決めたりする作業には、時間が必要になると思う。お母さんは家から離れることになるかもしれない。その間、誰かがみのるくんの傍《そば》にいたほうがいい。というか、日本の法律上は、誰かが傍にいないといけないことになっている。みのるくんは未成年者だから、後見人が必要だ」

　後見人というのは後ろで見ている人と書くよと福田さんは教えてくれた。後ろで見ている人が必要だというのなら、それが最も必要なのはみのるではなくお母さんである気がした。みのるは自分で身の回りのことは一通りできたし、お茶も淹《い》れられるし公共料金の振り込みに行くこともできるが、お母さんは放っておくと食事を食べなかったりするし、一週間くらいお風呂に入らなかったりするし、何より毎日つらそうだった。誰かがお母さんを助けてくれたらと思うだけで、何もできないことが、みのるには一番つらかった。

「……そうすればお母さん、楽になりますか」

「そうなってほしいと思っている。少なくとも、ただ家で寝ているよりは楽になるんじゃないかな。今まで支援に入ったケースだと、そういうことが多かったよ」

「…………」

「ごめんね、みのるくん。こんなことまで話す必要はないという同僚もいるけれど、仮にもご家族に何も説明しないまま支援に入るのもおかしなことだからね。それにみのるくんはとても頭がいいから、きちんと話しておいたほうがいいと思ったんだ」

『頭がいい』。そんな言葉を自分に使われるのが、みのるはおかしかった。小学五年生の頃までは、確かに成績は中の上くらいだったが、その後は落ちてゆく一方で、とりわけ中学に入ってから本格的に始まった英語の授業は、クラスメイトの中国語と同じくらい何がなんだかわからない。頭がいいなんて言葉は、全く似つかわしくない気がした。

黙って聞いているみのるに、福田さんは三つのオプションを説明した。

今後の身の振り方の方針である。

ひとつめ。児童相談所とつながっている、一時預かり施設という場所に移動し、その地域の学区の学校に通うこと。場所はまだ明らかにできないけれど、みのるは学区を移動、つまり転校することになる。

ふたつめ。お母さんの遠縁の親戚のところに引っ越す。以前から存在していることは知っていた、秋田県の高齢の女性である。福田さんが根気強くコンタクトを取り続けてくれたおかげで、なんとなくみのるの存在を認識してくれているらしい。農家の人で、七十歳だった。過疎地域に住んでいるという彼女のところに移って、そこから学校に通う。もちろん転校することになる。健康状態に少しだけ不安があるので、もし彼女の具合が悪くなったら、ひとつめのオプション同様、一時預かり施設に移ることになる可能性もある。その施設の場所が秋田県になるのか、神奈川県になるのかはわからない。

みっつめ。

「それで、中田さんの話が出てくるんだけどね」

「中田さん？」

福田さんは頷《うなず》き、言葉を続けた。

「彼は……みのるくんの親戚の方で、今は横浜市に在住している。ご近所さんで、彼のマンションは学区内だ。彼のところに身を寄せれば、みのるくんは転校する必要もない」

「………あの人……どういう人なんですか？」

「年齢かい？　二十七歳だったはずだ。まだ若いけれどね、しっかりした人だと思うよ」

みのるは驚いた。今年十三歳のみのるが二倍生きても二十六歳である。二十七歳は立派な大人である気がしたが、福田さんの感覚ではそうでもないようだった。

「彼はとても協力的で、みのるくんの力になりたいと言ってくれている。もちろん彼にもお仕事があるから、四六時中家にいることはできないと思うけれど、みのるくんが必要な時にはきっと傍にいてくれるよ。そう約束してくれたからね」

「……どうしてですか？」

「そうだね。どうしてだろう」

福田さんは曖昧《あいまい》な顔で微笑《ほほえ》んでいたが、本当にとまどっている様子はなかった。この人は答えを知っているんだなとみのるは思った。知っていて話していない。もしかしたら中田正義が、そのことは言わないでくださいと頼んだのかもしれなかった。

やっぱり中田正義は、少し怖い。

みのるは服の襟元《えりもと》を掻《か》き合わせるような気持ちになった。

でも、児童相談所に関係した施設に行くのは、また別の意味で怖かった。お母さんの調子が今よりももっと悪かった時、一時的に『保護』されたみのるは、市内のよくわからない場所にある施設に送り届けられ、そこでいろいろな年ごろの子どもたちと、一週間の共同生活を送った。コップも椅子《いす》もきれいで、窓がとても高いところにあること以外は普通の建物だったが、いつも空気がぎしぎししているような気がして、ここ以外のどこにも行ってはいけないと無言で命令されている気がして、みのるは息が詰まった。お母さんが迎えに来てくれた時、心の底からほっとして、隠れて泣いた。

あれが一週間以上、ひょっとしたらいつ終わるのかわからないくらい続くのだとしたら、みのるはうまくやれる自信がなかった。

では秋田へ行くのは？　それはもっとわからない。

黙り込んだみのるの背中をさするように、福田さんはそっと手の平をあて、軽くとんとんと叩いた。

「今すぐ決めなくていい。でも考えておいてほしい」

「……お母さんと相談していいですか？　お母さんは中田さんのこと、知って……？」

「もちろん相談していいよ。中田さんのことは……そうだね、一応、私たちから彼女に連絡はしているんだけれど」

　ということはまだ、連絡はついていないようだった。

　そんな人といきなり顔を合わせて大丈夫かな、とみのるは微かに不安になった。

　そのあとすぐ携帯電話に電話が入って、福田さんは慌ただしくその場を去ってしまった。よくあることだった。児童相談所の人が忙しいことくらい、みのるにはとっくにわかっていた。いつまでもみのるの傍にいたいと言ってくれながら、その実一緒にいられる時間は限られている。そういうものだった。児童相談所の人ではなくても、誰でもみんな。

　公園のベンチに残されたみのるは、ポケットから名刺入れを取り出した。きらきらと輝く蝶の模様を太陽にかざし、きらり、きらりと光が左右へ移動するのを楽しむ。虹色《にじ》に輝く蝶が、曇り空の下を軽やかに飛び回っているようだった。

　膝の上に下ろした名刺入れを、みのるはそっと開いた。中にある名刺には『中田正義』という名前と『個人秘書』という肩書き、そしてメールアドレスと電話番号が書かれていた。

　そして。

　その名刺の下に。

　みのるは小さな黒い鍵を見つけた。

　薬指くらいの長さで、三つ葉のクローバーのような形の取っ手がついている。

「…………」

　みのるは慌てた。中田正義は名刺入れをひっくり返し、でも最後の一枚だけを箱に残した状態でみのるに手渡した。この鍵が入ったままになっていることには気づいていない可能性が高い。

「……福田さんに渡したら、返してくれるかな」

　でもその時には、なんとなく名刺入れごと返さなければならないような気がした。そもそも中田正義がみのるに贈り物をする理由がない。お近づきのしるしという言葉の意味はよくわからなかったが、簡単に他人にあげていいような品物とも思えない。

「…………」

　みのるは名刺入れをポケットの中に戻し、布の上から触って、もうしばらく宝物の感触を楽しむことにした。

ジャングル屋敷が見えてきたあたりから、みのるは家の前が少し騒がしいことに気づいた。家の周りに何人も人が立っていて、誰かが暴れている。灰色のスカートをはいて、冬物のトレーナーを着た女の人だった。

トレーナーの女の人は声をあげて暴れていて、それを左右からスーツ姿の男の人と女の人が押さえていた。スーツの女の人は福田さんと一緒に何度か家を訪れてくれたことのある、どこかの役所の人で、男の人のほうは知らなかったが体格がよかった。

車道では一人、誰かが尻もちをついている。

中田正義だった。

左右から拘束されているのに、女の人はまだ暴れ、中田正義に飛びかかろうとしていた。

「なんで！　なんでいまさら！　帰ってきたの！　あたしはもう若くないのに！　なんでよ！　なんでそっちだけ若い姿なの！　もうおそいのよ！　あたしはぜんぶもう、めちゃくちゃなんだから！　死んでないだけなんだから！」

暴れている女の人のことを、見たことのない人だとみのるは思った。聞いたことのない獣《けもの》のような声で叫んでいるから、全然知らない人だと思った。でもその人が着ている服は、いつもお母さんが寝ている時に着ているものなので、もしかしたらお母さんなのかもしれなかった。それ以外の誰かであってほしいとみのるは思ったが、家の前にいる以上、他の誰でもあるはずがなかった。

騒ぎを聞きつけた人たちが周囲の家から出てきた。誰かが電話をかけている。動画を撮っている人もいる。これが全部夢で夢で夢で夢で夢ですぐ終わる夢であってほしいと思いながら、みのるは目をそらすことができなかった。

最初にみのるに気づいたのは中田正義だった。

ぱんぱんに腫《は》れた右の頰《ほお》を押さえていた彼は、みのるの姿を見ると、しまったという顔をして、不器用に笑ってみせた。

「みのるくん、おかえり」

「…………」

目の前ではみのるのお母さんがまだ暴れていて、殺してやるとか死んでやるとか叫んでいた。みのるが小学五年生の頃、荒れていた時とそっくりだった。あれから二年間も寝ていたのに全然よくなっていない。ということはこれから何年眠っていても、お母さんはずっとこうなのかもしれなかった。みのるは急に泣きたくなった。中田正義もちょっとだけ泣きそうに見えたが、恥ずかしそうな顔をして、少しよろけながら立ち上がった。お母さんを押さえている女の人が叫んだ。

「中田さん、大丈夫ですか！」

「大丈夫です、本当に大丈夫です。スリランカでイノシシとぶつかったことがあるんですけど、あれに比べたらそよ風ですよ。ゆらさん、申し訳ありません。急に変な男が来たら驚きますよね」

　ちょうどその時、みのるが歩いてきたばかりの方角からファンファンというサイレンが聞こえ始めた。誰かが警察を呼んだらしい。そうかお母さんは中田正義を殴って、それで警察が呼ばれたんだなとみのるは理解した。頬をぼたぼたと涙が垂れてゆくのはわかったが、涙の止め方はわからなかった。

　パトカーから降りてきた警察官の応対にあたったのも、また中田正義だった。本当に大丈夫ですからと、わざとらしいくらいの笑顔を浮かべて警察官を追い返そうとしている。だが警察官は、まだ暴れようとしているお母さんに事の次第を尋ねようとしていた。みのるは悔しかった。興奮している時のお母さんは、人の質問に、とりわけ会ったばかりの人の質問に答えられるような状態ではないので、どうか何も聞かないでしばらくそっとしておいてくださいと伝えたかったのに、みのるの他にはそんなことが言える人間がどこにもいないのはわかっていたのに、まるで足が動かなかった。

　夢だったらいいのにと、まだ頭が思っていた。

　怖かった。全部夢であればいいのに、ひとつも夢ではないことがわかりきっているのが怖かった。

　お母さんと、福田さんの同僚とおぼしき二人の男女は、促されるままパトカーの後部座席に座っていた。暴れすぎて疲れたようで、お母さんはぐったりとしている。みのるは逃げたかった。どこへでもいいから逃げたかった。ここでなければどこでもよかった。

泣いているみのるの前に、中田正義がやってきて、しゃがんで目線を合わせてきた。大きな手の平でみのるの頬を左右から包み込み、正面からみのるの瞳を覗き込んでいた。

「みのるくん、俺はゆらさんと一緒に行く。どうしても行かなきゃいけないらしくて……一緒に来る？　留守番してる？」

弾かれたように回れ右をして、みのるは駆けだした。


いつ訪れても人と物で溢《あふ》れている量販店は、考え事をしたくない時にぶらつくのにぴったりの場所だった。すぐ隣にパチンコ屋が建っているので、一人でうろうろしているのが怖いこともあったが、もうみのるは気にしなかった。そんなことを気にしている場合ではなかった。何もかも自分の体から離れて、魂《たましい》さえ離れていって、二、三メートル上のほうをふわふわ漂っているような感覚だった。そうすればこの現実がどこかで夢になって、お母さんはいつものように家で寝ている気がした。

だが。

「申し訳ありませんが、県の条例で十一時以降、お店に留まっていただくことはできません。申し訳ありません」

条例というものがあって、中学生は夜の十一時以降、一人で出歩いてはいけないという。みのるは中学の制服のままだった。必要な時は子ども相手にも大人相手にも関係なく同じ対応をするのだろうと思わせる店員には、とりつくしまがなかった。

みのるは軽く一礼して、無言で店を出た。川沿いの通りはすっかり暗くなっていて、店に入る時には目についた親子連れの姿もどこにもない。

静かだった。

みのるはとぼとぼと遊歩道を歩き、坂を上って、家のある場所に戻った。『家』というのはお母さんがいる場所のはずなので、今そこにある建物が『家』であるとは、みのるにはどうしても思えなかったが、他に行くところもない。

霧江というはげかかった表札のついた家は、ジャングル屋敷の隣にあると猶更《なおさら》、お化け屋敷のように見えた。

「…………」

みのるは無言で家の裏手に回り、バケツを三つ重ね、怪我をした右膝を擦らないように、屋敷の庭へと下りた。相変わらず雨戸は開かれていて、ガラスの窓が見えている。

そして。

みのるの家から屋敷まで、まっすぐに歩いた場所にある、小さな扉が。

誰かがわざとそうしたように、十数センチほど開いていた。

ありえないことだった。ジャングル屋敷の正門はいまだに閉ざされている。誰か人が入っているのなら、そもそも正門が開いているはずだった。屋敷の扉だけが開いているのだとしたら、それはあらかじめ中にいた誰か——何かの仕業としか思えなかった。

金髪の男。

空き巣や泥棒とは思えない、非現実的な美貌《びぼう》の存在。

みのるは何かにとりつかれたように、雑草をかきわけて歩き、少し開かれた扉に手を伸ばした。扉は鈍く軋みながら開き、かびのにおいが広がった。

長く伸びた廊下と、二階へ上がる階段。

廊下の奥には椅子や本棚など雑多な家具が積み上げられていて通れそうになかった。分厚く積もった埃《ほこり》を見るに、靴を脱ぐ気にはなれなかったので、みのるは土足のままおずおずと階段を上った。一段踏みしめるたびに、ギイ、ギイ、というすさまじい音がする。

二つの踊り場を経《へ》て、二階まで上がったみのるは、また長い廊下に出くわした。今度は白い扉がひとつ、奥に待ち構えている。扉には再び、わざとらしい隙間があった。

「…………」

来い、と誘うような風景に、みのるは挑む気持ちで向かい、扉を開けた。

不意に目の前が明るくなった。

みのるは顔を覆った。小さな火の気配と、何かが燃えるにおいがした。誰かがマッチを擦ったのだった。

「ランプの明かりはお嫌いですか。少々明るくしましょう」

「…………」

それは、みのるの目の前に立っていた。

みのるの家の一階の壁を、全てぶちぬいたほどの広さの一部屋。白いクロスのテーブル。火を灯《とも》されたばかりのガラスシェードのランプ。優美に湾曲《わんきょく》した背もたれつきの二脚の椅子。

ダークグレーのスーツを着た男。

ランプの明かりが反射して、青い瞳が宝石のように輝いていた。

「こんばんは」

「……こんばんは。あなたは……幽霊？」

「ある意味では」

男の人は微笑み、みのるは混乱した。自分のことを『ある意味では』なんて言う幽霊は、どんな怪談でも聞いたことがなかったし、足もちゃんとあって、高そうな革靴を履いている。生身の人間にしか見えない。

しかし金髪の男の人は、流暢《りゅうちょう》な日本語で喋っていた。映画やドラマの『日本語吹き替え版』のようにスムーズに。

あまりにも現実感がないので、やっぱり本当に幽霊なのかもしれないとみのるは思った。どうでもよかった。何でもよかった。ここで死ぬと言われても、どうでもよかった。

「おかけください」

「…………」

みのるは促されるまま椅子に座った。ランプの明かりがゆらゆら揺れて、部屋の中いっぱいにみのるの影が映し出される。影の巨人が面白くて、ひらひらと手を揺らした。影も手を振り返した。

部屋の隅にはみのると同じくらいの高さの、巨大な黒い箪笥《たんす》が置かれていて、その表面に張られた銀色のパネルが、光を反射して七色に光った。ちょうど中田正義がくれた名刺入れの表面にそっくりなので、これも貝殻かなとみのるはいぶかった。もしそうだとしたら、箪笥にくっついている貝殻の数は、中田正義の名刺入れの百倍以上はありそうだった。

「甘いお茶はお好きですか」

突然の質問に、みのるは驚き、反射的に頷いていた。自称幽霊は穏やかに微笑んでいる。

「では、こちらを」

白いカップが、みのるの前に差し出された。みのるの家にはないタイプの――あったとしてもお母さんが壁にぶつけて割ってしまいそうだった――持ち手のついたカップで、下にお皿までついている。器《うつわ》にもお皿にも絵が描かれていた。キツネを追いかける馬に乗った人たち。

濁った薄茶色の液体に、みのるはそっと口をつけ、目を見開いた。

「甘い」

「ロイヤルミルクティーです。お砂糖は少し多めに」

「………これを、飲んだら、僕は死にますか？」

「いいえ。何故ですか？」

「……幽霊にもらったものを食べると、死んだりするって、聞いたことがあるので」

「ヨモツヘグイですね。素晴らしい。それは古い日本の言い伝えです」

「よもつ……？」

「黄泉《よみ》の国の竈《かまど》で煮炊《にた》きしたものを食べると、現世に戻れなくなるという伝説です。とはいえこちらのお茶は、私がこのお屋敷で淹れたものです。ご心配なく」

「………」

幽霊はなんだか物知りだった。みのるは少し笑いそうになったが、同時に同じくらい、がっかりしている自分がいることに気づいて驚いた。

幽霊のお茶を飲んだくらいでは、死なないという。

お母さんは警察に連れて行かれて。

自分は地図帳のどこにあるのかもよく覚えていない場所に引っ越すかもしれなくて。あるいは児童相談所に関係した施設に、一人で預けられるかもしれなくて。

そろそろ人生が終わってくれたほうが、いろいろと楽な気がした。

ある意味の幽霊は、みのるの斜め前の椅子に腰かけて、同じものを飲んでいた。ランプの横にはいつの間にか大きなポットが置かれている。ロイヤルミルクティーがたっぷり入っているようだった。

「おかわりを？」

「…………」

「お茶菓子もございますよ」

「…………食べたら死にますか？」

「いいえ」

幽霊は白いお皿に小さなクッキーをいくつも並べた。埃だらけのお屋敷なのに、皿やテーブルはとてもきれいで、日本語を話す金髪の男同様、少しも現実感がなかった。昼の菓子パンから何も食べていなかったので、みのるのお腹《なか》はぐうと鳴った。

クッキーを四つ、むさぼるように食べてから、みのるはもう一口ロイヤルミルクティーを飲んだ。

甘くて、あたたかい。

お腹の底にぽっと、小さなランプの明かりが灯ったような気がした。

みのるは改めて、目の前にいる存在を見つめた。

「……あなたは……どうしてここにいるの？」

尋ねられると、金髪の幽霊は穏やかに微笑んだ。

「長い話になります。その前に、私の大事な人の話をしてもよろしいですか」

「ど、どうぞ」

そうしてある意味の幽霊は、不思議な話を語り始めた。

むかしむかし、金髪の幽霊はイギリスという国に住んでいた。イギリスは日本より北のほうにある寒い場所で、女王さまと紅茶と幽霊屋敷で有名な国らしい。しかしそこで暮らしていた時、幽霊はとても孤独で、永遠に一人で生きていかなければならないのかと思っていて、毎日苦しかった。小さな頃からずっと、自分が氷でできた人形であるような気がしてつらかった。

そんな折、イギリスから日本にやってきて、ある人に出会った。

その人は幽霊のことをいろいろと気にかけてくれて、時々無鉄砲なことをするものの、基本的には善人で、それはもう考えなしで愚《おろ》かなこともするとはいえ、いい人だった。そして幽霊の傍にいたいと言ってくれた。

幽霊はそれがとても嬉しかったという。

みのるは何だか、絵本に書かれたおとぎ話を聞かされているような気がした。自分にはまるで関係がなく、これからも関係がない世界の話で、上っ面《うわつら》だけのような気がした。だが幽霊の話は続いた。

幽霊とその人は一緒に仕事をしていたが、ある日突然、不思議な依頼が舞い込んだ。

家をまるごと一つ、『鑑定』してはくれないかと。

自分は不動産鑑定士ではないので、そういった仕事はお受けできないと幽霊は依頼者に告げたそうだったが、ことはそう簡単ではなかった。

その家は、家屋そのものは老朽化していてほとんど無価値になっているものの、大変な中身がつまっている、いわば宝の蔵なのだという。金銀財宝のような宝から、家具、調度品、絵画、他にもいろいろ、多種多様な財産の眠る蔵。

もともと屋敷に住んでいた持ち主はもうとっくに死んでいる。屋敷を財産として分け合おうとしているのは、その孫の代の人々なのだが、中身の宝の個々の値段や、総計金額がわからなければ、平等な分配に支障が出る。

そのためには、幽霊の目が必要なのだという――。

「じゃあ、あなたはここに、仕事で来ている幽霊なんですか？」

「ある意味では」

「……『ある意味』が多いんですね」

「ええ、まあ」

幽霊はいたずらっぽく笑い、みのるのカップにおかわりのロイヤルミルクティーを注ぎ足した。みのるは甘いお茶を飲み、幽霊はクッキーを食べた。

「しかし、やはり本当は断ってしまうつもりだったのです。何しろ幽霊ですので、俗世のことにあまりかかずらうのは得策ではないかと」

やっぱりこの人は幽霊じゃないんだな、とみのるは確信した。そもそも幽霊はこんなにはっきり出てこないだろうし、みのるに甘いお茶もふるまってくれない気がした。

それでも、絵本に出てくるきつねやたぬきに化かされた村人のように、実は泥水を飲んでいたとあとで気づく羽目になったとしても、どうでもよかった。お母さんが警察に連れて行かれてしまった日に、泥水の一杯や二杯を飲んだところで、それ以上気分が暗くなるはずもなかった。

沈みかけているみのるの気持ちに気づいたように、幽霊は少し大きな声で、しかし、と言葉を継いだ。

「依頼をお断りする前に、考えが変わりました」

「……どうして?」

「私の大事な人が『ぜひそこに行きたい』と言ったので」

幽霊の大事な人には事情があるそうだった。

とても重要な事情で、その事情の中心地と、幽霊がまるごと『鑑定』を頼まれた屋敷との距離が、非常に近い。

突拍子もない案件は、一転、渡りに船の案件になった。

「それでまあ、私は引きずられてやってきたということです」

「……じゃあ、本当はここに来たくなかったんですね」

「いいえ」

幽霊ははっきりと首を横に振り、まっすぐにみのるを見つめた。みのるも思わず背筋を正した。

「人は、本当に望まない場所に行くことはできません。肉体的に移動することはできるとしても、魂の伴《ともな》わない場所には、その人は本当の意味で『赴いている』わけではないのです。イギリスで生活していた頃の私の魂が、蜻蛉《かげろう》日記や源氏《げんじ》物語を通して、書の世界に遊離していたように」

「ゆうり……」

「その頃の私の魂は、私の体の中にいなかったのです」

みのるは体の奥がざわっとした。

自分の体から、自分自身が二、三メートル浮かんでいるような、あの感覚。

目の前の幽霊には、その感覚がわかっているようだった。

心の中で思っていることが読まれてしまうなどということが、本当はありえないことを、みのるはもうわかっていた。そうでなければ、もっとお母さんとたくさん話がしたいという気持ちも、お母さんに元気になってほしいから何でもするという思いも、きっと伝わっているはずだった。

それでもなお、目の前の金髪の幽霊を見ていると、そんなこともありえるのではないかと思ってしまう。

みのるは泣きたい気持ちを抑えつつ、もう一口お茶を飲んだ。キツネを追いかける人たちの絵柄が、ランプの明かりでゆらゆらと揺れている。

「ですが、今の私は違います」

「…………」

「私の魂は、間違いなく私の中にある。そして私と共に息づいている」

「……どういうことですか?」

「私はここにいることが嬉しくて仕方ないということです。お会いできて嬉しく思いますよ、夜の訪問者さん」

そう言って幽霊は笑った。

暗い部屋の、オレンジ色の明かりに照らされた狭い範囲が、ふわっと花畑になったような、たおやかで端麗な笑みだった。

目の前にいるのがどんな意味での幽霊であれ、みのるは彼に会えてよかったと思った。

「……僕も、会えて、嬉しいです。幽霊さん」

詳しい自己紹介をしようという気には、不思議とならなかった。幽霊が自分を呼んだ『夜の訪問者さん』という名前が、みのるは好きになっていた。どうせならそのまま、霧江みのるではなく、夜の訪問者さんと呼ばれたかった。

幽霊は微笑み、さて、と呟いた。

「今日はもう遅い時間になりました。お一人で眠れますか。それとも屋敷で眠りますか」

「…………ここで眠れるんですか?」

「ご案内しましょう」

そう言って幽霊は立ち上がり、彼の椅子のすぐ後ろにある茶色い扉に手をかけた。

また埃が舞い上がって、かびのにおいがするのだろうとみのるは構えて、カップの上に手を置きロイヤルミルクティーを守ったが、その必要はなかった。

扉の向こうには、ぴかぴかのベッドルームが広がっていた。少し黒ずんでいるものの、薄い緑色の壁紙。新しいマットレスの敷かれた二つのベッド。枕カバーと揃いの色の、つやつやとした淡い緑の上掛け。枕元のランプの明かりは、蠟燭《ろうそく》ではなく電気式らしい。

今度こそ夢だとみのるは思った。さもなければ魔法だった。

幽霊は微笑んでいた。

「こちらでお休みになりますか」

「……なんで」

「私は幽霊ですので、いろいろなことができます」

「…………ここは、明日になったら消えるんですか？」

「いいえ」

「……あなたは？」

「朝日の昇る時間には、残念ながら消えてしまいます」

みのるは笑ってしまいそうになった。まるで出勤時間には消えると言っているようだった。常識的で礼儀正しい幽霊を、みのるは好きになっていた。

美しく整えられた部屋をじっと見つめてから、みのるは首を横に振った。

「……やっぱり、自分の家で寝ます」

「左様ですか。しかし、お一人で問題はございませんか」

「大丈夫です」

みのるは頷き、考え方を変えようとした。よくよく考えてみれば、一人で寝ようがお母さんがいようが、実際のところはそれほど変わらない。お母さんはいつも寝ている。『おやすみ』『おはよう』と言っても返事があるわけではない。

とはいえ、いるといないとでは天と地ほども差がある。

もう一度不安になった時、幽霊は穏やかに告げた。

「全てはあなたの心の赴くままに。とはいえ私はもうしばらくここでお茶を飲んでいます。気持ちが変わったら、いつでも戻っていらっしゃい」

みのるは深く一礼して、幽霊にさよならをした。

どこもかしこもゴミ袋でいっぱいの家は、それでも一人きりだとがらんとしていて、みのるはひゅっと胸が冷たくなるのを感じた。夜遅くにお母さんが帰ってくるかもしれないので、できればずっと起きていたかったが、明日も学校がある。眠らなければいけなかった。

あまり水の出のよくないシャワーを浴びて、服を着替えて、みのるは万年床の布団にくるまった。

明日何が起こるかわからない。

お母さんが帰ってくるという保証もない。

それでも、ロイヤルミルクティーの甘い味を思い出すと、みのるは眠りに落ちることができた。

翌日、みのるは機械のようにパンとお茶を持って学校に行き、一時間目が終わったあとに川口先生から職員室に呼ばれ、十時に帰宅することになった。席を立つ時、また赤木にからまれたような気がしたが、あらゆる意味で相手をしている場合ではなかった。

福田さんと中田正義と、精神保健福祉士と名乗った女性が、家の前でみのるを待っていた。

「連絡が遅くなってごめん。昨日は大丈夫だったかい」

みのるはおずおずと頷いた。ジャングル屋敷に忍び込んだことや、親切な自称幽霊がロイヤルミルクティーを飲ませてくれたことはもちろん言わなかった。

福田さんは沈痛な面持ちで喋った。

「あの後、霧江ゆらさんは病院に運ばれてね、今日は入院しているよ。でも昨日よりずっと落ち着いた様子でいるから、みのるくんが心配する必要はないよ」

「お母さん、いつ帰ってきますか。明日ですか」

「近いうちに一時的に帰宅するはずだよ。着替えや荷物が必要になるからね。でもそのあとは、おそらくまた病院に戻る可能性が高いと、お医者さんは話している」

「…………………」

それはつまり、みのるに選択の時が迫っているということだった。

一時預かり施設へゆくか、秋田県へゆくか、それとも。

中田正義は静かにみのるを見ていた。右頬は熟した柿のように腫れているが、きりりとした眼差《まなざ》しは変わらない。恨みがましい顔も、嫌そうな表情も、一切見せなかった。

みのるは意を決し、尋ねた。

「………中田さんの家って、どこにあるんですか」

そう言われるのを待っていたように、中田正義は微笑んだ。

「今から案内できるよ。行く？」

「私も同行するから、心配しなくていいよ」

福田さんは請け合い、精神保健福祉士の女性とは別れ、三人は歩いて山手の南へ向かった。中田正義のマンションは徒歩圏内、というかみのるの家の目と鼻の先だった。

通学路とは反対方向にあるものの、何度も前を通ったことのある、オートロックのガラスドアのついた建物である。壁は白く、エントランスの中にはカウンターが見える。

電子錠《じょう》でガラスドアを開け、エレベーターで三階に上がると、すぐ目の前にドアがあり、そこが家だった。鍵を開けると玄関があり廊下があり、リビングがある。

「好きにしてていいよ！　ちょっと散らかってるけど！」

芸能人のお宅訪問番組が、元気な時のお母さんは好きだった。こういう家に住みたいわねとか、このセンスは意味不明だわとか、勝手なことを言いながら、みのるとお菓子をつまんで食べる。お母さんならこの家を何て言うだろう、とみのるは考えた。ひろびろとし、バルコニーまでついたリビングダイニングには、別室につながる扉がいくつもあって、なんと四部屋もベッドルームがあった。使われているのはそのうち一室だけ、淡いオレンジピンクのベッドカバーの部屋である。中田正義が寝起きしているそうだ。その部屋だけで、みのるの家の全部の部屋を足したくらいの広さがあった。風呂とトイレは当然のように別で、バスタブは泳げそうなくらい広い。

中田正義がお茶の準備にキッチンへ消えた時、みのるは福田さんに耳打ちした。

「あの……中田さん、お金持ちなんですか」

「まあ、私が今まで出会った二十七歳の中では、一番お金持ちかもしれない」

「…………………」

お金持ちの二十七歳が、一体どうして自分の目の前に現れたのか、みのるには全く理解できなかったし、もしかしたら近いうちにこのマンションに住むかもしれないということも、夢か幻のように思えた。ソファの下の収納を開けたら、何故かど派手なスパンコールのついたオレンジのハイヒールが入っていて、みのるは福田さんと顔を見合わせた。

「その……彼も、最近入居したそうだからね」

「中田さんは、ずっとここに住んでいたんじゃないんですか」

「越してきたのはつい最近だよ！　土地勘も全然ないから、みのるくんにいろいろ教えてもらえたら嬉しいな。はい、お茶どうぞ」

戻ってきた中田正義は、福田さんとみのるに、揃いの器の煎茶《せんちゃ》を差し出した。そしてみのるがハイヒールを見つけたことに気づくと、気まずそうな顔をして笑った。

「あっ……その、ここはもとは俺の親戚みたいな人のセーフハウスだったんだ。今は俺の名義なんだけど、その人の私物がまだかなり残ってて……だからその靴は俺のじゃないんだけど、信じてくれる？」

「いや、それはもう、中田さんの靴じゃないことはわかりますよ」

福田さんは面白いジョークを聞いたように笑い、中田正義は一拍遅れて何か納得したような顔で笑った。最後までみのるにはよくわからず、笑えなかったが、ともかくハイヒールは中田正義のものではないそうだった。

お茶を飲んだあと、三人は改めてマンションを見て回った。大人が四人くらい並んで座れそうな白いソファ。壁にはめこまれた大型の液晶テレビ。掃除のしやすそうな毛足の短いラグ。スカイブルーのシェードのついたフロアランプ。つやつやの葉っぱの観葉植物。新品のテディベア。

夢のようにきれいな家だった。

あまりにもきれいで、隅々まで整っていて、みのるは逃げ出したくなった。

あまりにも、あまりにも自分には不釣り合いなものしかなくて、こんな場所にいたら、きれいなソファやテーブルやベッドに絞め殺されてしまいそうな気がした。

気分が悪くなってきたと言って、みのるは福田さんに外に出させてもらえるよう頼むと、ベランダじゃだめかいと言う福田さんを押しのけて、中田正義が抱えるようにみのるをマンションの外へ連れてゆき、自動販売機でスポーツドリンクを買ってくれた。よく冷えていておいしかった。

「いきなりごめん。昨日からいろんなことがあったのに、またこんなところに連れてきたりして……びっくりするし、そもそも疲れるよね。もっとよく考えればよかった」

「僕は、大丈夫です」

「そんなにいつも大丈夫じゃなくていいよ」

当たり前のことを言うように、中田正義は告げた。微笑んではいなかったが、優しい顔と声だった。みのるはぽかんとした。

大丈夫じゃなくていい、とは？

大丈夫だから、お母さんは大丈夫だからねと、みのるのたった一人の家族はいつも鬼気迫る顔で繰り返していた。大丈夫だと自分に言い聞かせていれば、きっと大丈夫になると信じているようだった。でも一体、大丈夫とはどういう状態なのか、みのるにはそこからよくわからなかった。もし日がな一日布団で寝込んで、ゴミ袋を家いっぱいにためている状態が『大丈夫』なのだとしたら、一体どのラインから下が『大丈夫ではない』のか。

福田さんを乗せたエレベーターが、三階から一階まで下りてくる間に、みのるはスポーツドリンクをペットボトル半分ほど飲んでしまった。中田正義は微笑み、昨日は少しでも眠れたかと尋ねた。

「はい。眠れました」

「よかった。お腹は減ってない？　そろそろお昼だね。みのるくんは何が好き？」

「…………何でも好きです」

「カレーと中華とハンバーグならどれが好き？」

「……カレー……」

「じゃあ俺と一緒だ」

もちろん他のも好きだけど、と中田正義はふざけた。みのるも笑った。

そして中田正義は、ふと静かな表情になった。

「みのるくん…………もしよかったら、教えてほしいんだけど」

頷くと、中田正義はしゃがんだ。片方の膝をつき、みのるを見上げる。

まっすぐに自分を見つめる瞳が、みのるは怖くなったが、中田正義の声は優しかった。

「……自分のお父さんの名前を、みのるくんは覚えてる？」

思ってもみない質問だった。

そんなことを知ってどうするのかと思ったが、ともかく中田正義は知りたがっている。

少しぼんやりしたあと、みのるは小さく頷き、短く告げた。

「しめのひさし」

福田さんとも相談の上、みのるは選んだ。

寝る時は、中田正義のマンションに行き、お母さんが帰ってくるまではそこで寝泊まりする。必要なお金は中田正義が負担し、特に返済は求めない。

福田さんはうんうんと頷き、みのるくんにはそれが一番いいと思うよと笑った。児童相談所としても一番よい選択であったらしい。時々様子を見に来てくれるそうだった。

みのるは不思議だった。お母さんがいなくなったら、世界には自分一人だけになって、一生一人で生きていかなければいけなくて、それはつらいのでどこかのタイミングでふっと消えてしまいたいと思っていたけれど、いざお母さんが警察や病院に行ってしまうと、みのるの周りは大人だらけになった。福田さんや中田正義はもちろん、精神保健福祉士の人もいるし、学校の川口先生もなんだか心配そうな顔をしている。ジャングル屋敷の幽霊さえ、甘いお茶を淹れてくれた。

不思議だった。

何でこんなことになるまで、誰も現れなかったのか。

中田正義と福田さんと三人で、駅の近くのレストランでカレーを食べたあと、みのるは福田さんと別れた。さしあたり今日は中田正義のマンションで寝て、学校に通うことになる。みのるが荷物をまとめるのを、新しい家主は待っていてくれた。

マンションに戻り、みのるは中田正義と二人きりになった。

思い出したように、みのるは中田正義に深々とお辞儀をした。

「…………中田さん、あの……お世話になります」

「正義でいいよ。みんなそう呼ぶから」

「……正義さん」

「正直『さん』もいらないけどなあ」

「そ、それは、ちょっと」

「あははは。そうだよね、会ったばかりだもんね。無理言ってごめん」

中田正義はよく謝る人だった。誰にでも謝るわけではなく、どちらかというと堂々としている人なのに、みのるに対してだけは、本当に申し訳なさそうな、ちょっと悲しそうな顔で謝るので、みのるは自分が何か悪いことをしている気になった。でもそれが何なのかはわからない。

中田正義は太陽のような顔で笑っていた。好きな時に笑えるようだった。みのるはしみじみと、目の前にいる男の人を大人だなと思った。

「夕飯、何食べたい？　あ、まだお腹はあんまり減ってないかな」

「…………………パン……」

「わかった。じゃあパンにしよう」

そう言って中田正義は、わざわざ高そうなパン屋さんに丸くて大きなパンを買いに行き、マンションに戻ると魔法のような手つきで料理をし、パングラタンを作ってくれた。ホワイトソースににんじんとマッシュルームとエビとブロッコリーとじゃがいもが入っていて、お腹がほかほかに温まる。温野菜の作り置きがあってよかったよと笑う中田正義が、みのるには別世界の人に思えた。お金持ちでかっこよくて料理ができる人だった。何でこんな人が自分を助けてくれるのか、ますますわけがわからなかった。

夜になり、広すぎて落ち着かないお風呂を借りて、さっと体を洗ってしまうと、ふわふわの新品のパジャマと一緒に、藍色のカードキーが置かれていた。

「これ、この家の鍵。これがあれば一階のガラスのドアも開くよ。オートロックだから気をつけて」

「……何時から何時まで、外に出ていいんですか?」

「好きな時に出ていいよ。でも暗くなってきたら用心してね」

みのるは頷いた。以前お世話になった一時預かり施設には、外出の自由はなかった。いろいろな事情の子どもがいるから大変なのだということは、みのるにもうっすらと伝わってきたが、それでも自分が、冷蔵庫の卵コーナーにぴっちり収納された卵の一つになったような気持ちは否《いな》めなかった。ここはそうではない。

中田正義はまだワイシャツにスラックス姿で、浅くソファに腰掛け、スマホ三台にノートパソコンと格闘していた。

「みのるくん、これから勉強する？　それとも寝る？　あ、テレビ見る？」

「……ね、寝ます」

「わかった」

何かあったらすぐ呼んでと、中田正義は笑った。そして福田さんが『いつ電話してもいい』って言っていたことも教えてくれた。携帯電話の番号は既《すで》に知っている。みのるの電話は、いろいろな機能が限定されている子ども向けスマホだったが、それでも電話は好きにかけられた。

みのるは巨大なベッドに体を横たえ、目を閉じてみた。眠れそうになかったので目を開けた。そのまま三十分くらい、何もせず天井を見ていた。

全く眠れなかった。

ベッドの寝心地は最高で、枕のかたさもぴったりだったけれど、テーマパークの道の真ん中で寝ろと言われている気がした。

お母さんは今、どこでどうしているのか。

病院の天井を見ているのか。それとも別の施設にいるのか。いつ帰ってくるのか。

「…………」

午後の九時。みのるは中学の制服に着替えて、そっと外に出た。中田正義にとがめられたら、勉強道具を家に忘れたので取りに行くんですと答えるつもりだったが、扉ごしのリビングからはカタカタという打鍵音が響くばかりで、家主がみのるの動きに気づいている様子はなかった。

オートロックの扉を、極限まで静かに開け閉めして、みのるは階段で外に向かった。藍色のカードキーのおかげで、ガラス扉もなんなく開いた。

みのるは山手の坂を走った。仕事帰りの人たちがまだ歩いていて、全く誰もいないというわけではなかった。街灯は明るく、散りそびれた桜の最後のところが、時々はらはらと頭上から降ってくる。

家に到着したみのるは、鍵をあけて部屋の中に入り、敷かれたままの布団の上に身を投げ出し、思い切りにおいを吸った。知っているのに知らないにおいがした。いつもは感じなかったにおいを感じるのは、自分が全く別の場所に行って帰ってきた時だと、みのるはもう知っていた。家のにおいが懐かしかった。

早くお母さんがいる場所に戻ってほしかった。

しばらくそのまま倒れ伏したあと、みのるは顔を上げ、少しだけ涙をぬぐってから、家の裏手に回った。三つのバケツはそのままで、みのるはジャングル屋敷に続く門を乗り越えた。

雨戸の開いたジャングル屋敷は、昨日と同じく静かに闇に佇んでいる。

屋敷の扉は閉まっていたが、取っ手をひねると、難なく開いた。

みのるは昨日と同じように、ギイギイと音を立てながら階段を上り、奥の部屋の扉を開いた。

真っ暗だった。

誰もいなかった。

椅子もテーブルもなく、ただ黒い箪笥だけが、部屋の主のように居座っている。

どこかで予想していた通りの状況に、みのるは頷き、暗闇に深々と頭を下げた。

「…………昨日は、ありがとうございました。お茶がおいしかったです。今日から別の家で暮らすことになりました。でもお母さんが戻ってきたら、またこっちの家に戻ってくると思います。早く戻りたいです。本当にありがとうございました」

少し待ったが、返事はなかった。

みのるはもう一度頭を下げてから、もと来た道を素早く戻った。門をよじのぼって飛び越え、家に鍵がかかっていることを確認してから、走って山手の坂を上る。オートロックのガラス扉をくぐり、音もなくマンションにすべりこむ。

玄関扉を閉めた時、みのるはほっと胸をなでおろした。

カタカタカタ、という音が、相変わらず聞こえている。ミッションは成功だった。

ぬきあしさしあしでベッドルームに戻り、みのるは再びパジャマに着替え、ベッドの中にもぐりこんだ。家の布団とは全く違うにおいだったが、それほど悪くはなかった。ただ不思議だった。中田正義の存在と同じように、こんなところに自分がいることが不思議だった。

でも押しつぶされるような感覚は、既に消えていた。

みのるは目を閉じ、ゆっくりと眠りの世界に落ちていった。

中田正義からもらった名刺入れを、どこかに落としてしまったことに気づいたのは、翌朝、制服のポケットを確認した時だった。

case. 2

友達とブレスレット

「霧江《きりえ》え、昨日なんで早退したの？」

朝の中学校。クラスメイトの赤木《あかぎ》の声を、みのるは完全に無視していた。それどころではなかった。頭の中は今日一日で名刺入れを探し回る場所をリストアップすることでいっぱいで、誰かと話をしているような余裕はない。

「お前いっつも無視するよな。なんなの。煽《あお》ってんの」

中田正義《なかたせいぎ》のマンション。ここは朝のうちに探せるだけ探した。なかった。学校。可能性は低いけれどありえないわけではない。現在捜索中。みのるの家。今後捜索予定。そしてジャングル屋敷。捜索予定。しかし困難が予想される。何しろそこらじゅうが植物でもじゃもじゃである。しかし一番落とした可能性の高い場所でもあった。

「ちぇっ。もったいねーやつ。お前友達全然いないじゃん。人がせっかく友達になってやろうと思ったのに」

「なんで？」

みのるは思わず問い返していた。

赤木は少し驚いた顔をしていたが、ちょっとだけ笑った。ようやくみのるから反応が返ってきたのが嬉《うれ》しいようだった。

「だってお前、俺が友達になったら嬉しいだろ？」

「……なんで？」

純粋に疑問だった。なんで自分が友達になってあげたら、相手が喜ぶと思えるのか。みのるには自分と友達になりたがるような人がいるとは思えなかった。

赤木はちょっと変な顔をしたあと、見るからに不機嫌になり、腕組みをして舌打ちをした。みのるはいやだなと思ったが、口には出さなかった。赤木がもっと不機嫌になることは目に見えている。

「お前、小学校の時も友達いなかった系？」

みのるは曖昧《あいまい》に首をかしげた。他にどういう系統があるのかわからなかったが、『全くいなかった系』ではなかったはずである。『あんまりいなかった系』ではあったものの。

みのるの沈黙で、二人の間の空気がより険悪になりかけた時、教室の外の廊下を制服の女子たちが通っていった。隣のクラスの生徒たちである。

あっあれ、と赤木がそのうちの一人を指さした。

ワンレングスの黒髪を、腰まで伸ばした女の子。お人形のように白い肌。

「あいつ。四組の志岐真鈴《しきまりん》。マリリンとか呼ばれてる。知ってるか？」

「……知らない」

「役者とかモデルとかやってるらしいぞ。やベー可愛《かわい》い。何で公立にいるんだろうな」

「…………」

みのるにはますますわけがわからなかった。小学校の高学年ごろから、異性のことを気にし始める同級生が増えてきたことはわかっていたが、みのるには関心がなかった。そんなことを気にする暇があるなら、公共料金の支払いとか、お母さんの健康状態とか、いくらでも他に考えることがあった。

　みのるがぽかんとしていると、赤木はわざとらしくため息をついた。

「お前、ほんっと子どもだな。小学校戻れば？」

「……………そういうのうっとうしいよ」

「は？」

　思わずみのるが口にし、赤木がキレそうな素振りを見せた時、先生が教室に入ってきて、日直がちゃくせーきと声をかけた。ガタガタと音を立ててみんなが席に着く。

「おはようございます。今日の授業は数学からですね。では教科書を開いて」

　授業が始まってからしばらくの間、みのるは隣から赤木の視線を感じていた。うっとうしいなんて言うべきではなかったと後悔しても遅かった。

　その日の昼休み、赤木は盛大にとりまきを呼び、机を寄せ、みのるのすぐ隣の席を陣地にして派手なランチタイムを見せつけた。みのるを誘う様子はない。そういえば昨日まではちょくちょく誘ってくれていたことを、みのるはぼんやりと思い出した。

　中田正義が持たせてくれた豪華な弁当——二段重ねになっていて、下の段にはタケノコの炊《た》き込みご飯が、上の段にはそらまめや甘いにんじん、ちくわの磯部揚《いそべあ》げやコロッケ、甘いたまごやきが入っている――を食べながら、ぼうっと窓の外を眺める。繁華街に囲まれた学校は、不審者対策として校庭を幕で囲っているため、校庭の外の景色は見えない。見晴らしは最悪だったが、少なくともクラスメイトたちの姿は見ずに済んだ。

先生がおらず、中学一年生しかいない空間は、無節操に賑やかだった。

「それでガチャがしぶくてさー。全然いい武器出ねーの」

「良太《りょうた》ソシャゲやってんの？　富豪じゃん」

「マジで課金してんの？　えっいくらくらい？」

「わかんねー。もう覚えてねー」

赤木良太は自慢げに、スマホアプリのゲームの話を繰り広げていた。通信制限どころかほとんど通信ができないスマホを持っているみのるには、全く縁のない世界の話だったが、小学校の頃からお馴染《なじ》みの話題ではある。大体のクラスメイトが、無料でプレイできるゲームを楽しんでいることも知っていた。

だが赤木が言っているのはそういうゲームではなく、お金を突っ込んでアイテムが出るくじを引く、やや年齢層が高い人が遊んでいるもののようだった。

自慢げに、赤木は小さなフォークを振り回しながら喋《しゃべ》っていた。そして不意に、みのるのほうを見て、嫌な顔で笑った。

「ま、霧江には関係ないか」

「…………」

「だってお前んち、すっげー貧乏じゃん。いつも同じパンばっか食べててさあ。服はくさいし。あ、でも今日の弁当はでかいんだな。何、見栄？」

ざあっと、教室中の空気が凍り、全員が黙り込んだ。

赤木はもともと声が大きかったが、それでなくても教室の全員が、赤木の声に耳を澄ましている気がした。

霧江の家は貧乏。

服はくさい。

その事実が、クラス全員の共通認識になってしまった。

気づいた時には赤木につかみかかっていた。自分にこんなことができるなんてみのるは不思議だった。ただやっぱり、自分の意識が二、三メートル浮かび上がって、体の行動を上のほうから眺めているような気がした。

ワイシャツのえりくびをつかむと、はずみで赤木の弁当はさかさまになって床に落ちた。てめえ、という叫び声のあと、みのるはぼかりと背中を殴られ、痛かったので殴り返したらまた殴られた。体のどことはいわずどこでも殴られるので、みのるも殴った。クラスメイトが仲裁に入ってきたが、みのるはやめる気はなかった。ただ体が勝手に動いた。

「停止！　停止争吵！」

「何言ってんのかわかんねーよ！」

「不要抢！　我会叫老师！」

「だからわかんねーって！」

止めに入ってくれたのは中国人のクラスメイトであるようだったが、関係なかった。みのるは無言で赤木を殴り続け、気づいた時には大騒ぎになっていた。

頭の中から熱が消え、数メートル上のほうにあった意識が体に戻った頃、みのるは赤木と一緒に職員室に呼び出されていた。

赤木はしきりと、弁当をひっくり返されたと繰り返していた。みのるは何も言わなかった。ただぼうっとしているだけでいいような気がした。

「ともかく今日は保護者の方に迎えに来てもらうからな」

「ええー！　俺のほうはいいじゃないですか！　霧江が悪いのに！」

「霧江の話をまだ聞いてない」

そうして赤木は職員室から退去させられた。

残されたみのるは、椅子《いす》に腰かけた川口《かわぐち》先生の前で、きっと口をつぐんでいた。

「霧江」

「…………」

「黙ってばっかりじゃわからないぞ。自分で自分のことを説明するのは、大人になった時とても大事なことだ」

「…………」

じゃあ大人になんてならなくていい、とみのるは心底思った。自分が貧乏で、くさくて、どうしようもない人間であることを周りの人に説明するのが大人になることなら、そんなのは耐え難い苦行にしか思えなかった。

ケンカをしてしまってすみませんでした、本当にすみませんでしたと繰り返し、みのるは根負けした川口先生に解放された。午後の四時になっていた。

職員室を出ると、彼が立っていた。

「みのるくん、おつかれ！」

中田正義だった。今日のスーツは茶色で、赤いネクタイには斜めに灰色のストライプが入っている。みのるは死にたくなった。マンションに住まわせてもらうことになった翌日に、保護している子どもが学校で問題を起こすなんて、考えうる限り最悪の事態である。

だが中田正義は笑っていた。

こんなに嬉しいことはないというように、朗《ほが》らかに。

「……………お仕事は……？」

「フレックスなところだから、残りは在宅業務。全然問題ない。じゃ、帰ろっか」

「…………ごめんなさい」

「謝ることないよ。夜まで会えないと思ってたから、実はちょっと嬉しい気持ちもある」

中田正義はいたずらっこのように笑った。この人は中学時代いっぱい友達がいて、友達とケンカなんかしなくて、きっと成績がよかったんだろうなとみのるは思った。その時中田正義の隣の席に自分がいても、絶対に友達にはなれないだろうなとも。

靴ロッカーまで歩いてゆく途中、何人かの女子とすれ違い、彼女たちはみんな中田正義の顔を見てはキラキラした笑顔を浮かべた。

なんだか世界の全てにくたびれて、背中を丸めてロッカーを開けた時。

「霧江《ウージャン》。キリエ」

みのるは不意に呼び止められた。

振り返ると、階段と靴ロッカーの間のスペースに、中国人のクラスメイトが立っていた。林という名前だが、読み方は『リン』である。赤木と殴り合っていた時に、止めに入ってきたメンバーの一人だった。小柄で、頭が小さくて、肌がつるっとしていて、いつもにこにこ笑っている。

怒られるのだろうかと、びくびくしながら霧江は様子をうかがったが、彼はつかつかと歩いてくると、霧江の肩をぽんぽんと叩いた。

「打起精神。那东西对アカギ不利。我知道」

「……赤木くんのこと言ってるの？　ごめん、わからない……」

「メイグアンシー！　オーケー、オーケー」

ぱしぱしと軽く背中を叩く少年は、大人びた表情で笑っていた。

励ましてくれている様子に、みのるは心があたたかくなった。

「ありがとう」

「アリガトー。マタネ」

「うん。またね」

「ちょっと待って。——哎。等一下」

みのるは目を見開いた。林くんも変な顔をしていた。

中田正義が喋っていた。

日本語ではなく、中国語を。

にっこり笑った中田正義は、今度は林くんの前で姿勢を低くし、首をかしげて何かを問いかけた。当然のようにみのるにはわからない言葉で。

林くんは最初、中国語を喋る大人を面白がって見ていたが、中田正義が真剣な顔で問い続けると、何かをぽつぽつと話し始めた。最初はおずおずと、徐々に心を開いたのか、大きな声で。みのるは不安だった。目の前の二人が何を喋っているのかはまるでわからないものの、みのるのことを話しているのは想像できた。それ以外に話題がない。

十分ほど話したあと、中田正義は立ち上がり、林くんはにっこり笑って去っていった。

「再見」という、みのるにもわかる数少ない中国語を残して、いっぱい手を振って。表情はクラスでは見たことがないほど明るく、嬉しそうだった。

中田正義はひとしきり手を振り返したあと、さて、とみのるを見た。

「お待たせ」

「……中田さん、中国の人なんですか？」

「ううん、中国語の得意な知り合いがいるだけ。まだまだ勉強中だけど」

「すごい」

「いやいや、俺の上司はもっとすごいよ」

中田正義は誇らしそうに笑い、みのるを青い四輪駆動車に促《うなが》した。助手席はびっくりするほど広くて、みのるは落ち着かなかったが、中田正義が運転席に座ると何故《なぜ》かほっとした。お母さんは車を持っていなかったし、お父さんとも車に乗った記憶はなかったので、誰かの助手席に乗せてもらうのは、ほとんど初めての体験だった。

車が発進する前に、みのるはまず謝った。

「……今日は、ケンカをして、すみませんでした。学校に来てもらうことになって、すみませんでした」

「打起精神《ダーチージンシエン》」

「ふあ？」

「林くんが言ってたよ。『元気出して』って意味。俺からも言わせてもらう」

それより、と中田正義は笑った。本当に楽しそうな顔だった。

「これからちょっとドライブしない？　すぐ近くだけど」

「……どこへ？」

「みなとみらい」

そう言って中田正義は、青い車を中学校の駐車場から発進させた。

中田正義の車は、桜木町《さくらぎちょう》駅の隣を通り抜け、みなとみらいへとまっすぐに向かった。帆の形をした大きなビルディングが特徴的で、夜は無数の窓の明かりが宝石のようにキラキラと輝く。都会的で整っていて、中田正義にぴったりの場所である気がした。しかし青い車はビルの群れの下を通過して、コスモワールドのある埋立地へと向かった。

遊園地に連れて行くつもりなのかな、というみのるの予感は外れた。

車が到着したのは、六角柱を両断したような、カクカクしたビルディングの前だった。温泉施設の名前の書かれた看板が、高いところにかかっている。

「みのるくん、温泉好き？」

「…………」

「あー……ごめん。中学の時、俺も温泉が好きか嫌いかなんてわからなかったな。ちょっと一緒にお風呂入っていかない？」

「僕、くさいですか。服とか、くさいですか」

思わずみのるは尋《たず》ねていた。くさいという赤木の言葉を、林くんが伝えたのかもしれなかった。

中田正義は施設の傍《かたわ》らに車を止め、みのるの傍《そば》に顔を寄せた。そして犬のように鼻を動かし、しばらく同じことを続けたあと、笑った。

「全然」

「…………」

「どんなだよって言われそうだけど、『元気な男の子』のにおいがする」

「…………くさくないですか」

「くさくないよ。俺のほうは、若干《じゃっかん》におうかもしれないけど」

朝からバタバタしてたから、と中田正義は自分のシャツをつまんでひらひらさせた。戸惑うみのるの前で、中田正義は説明した。

「さっき林くんから教えてもらったのはね、『みのるくんは悪くない』『最初にけしかけたのは赤木くんのほうだ』ってこと。あと赤木くんって子が何を言ってたかとか、みのるくんがケンカに強かったとか」

「林くん、日本語わかるんですか」

「言われてることは大体わかるらしいよ。でも話せなくて困るって言ってた。最近ご両親と一緒に福建省《ふっけんしょう》から越してきたらしいから、まだ日本には慣れてないんだって」

「…………」

学校が始まってからほぼ毎日、同じ教室で生活していたみのるより、数分一緒に話しただけの中田正義のほうが、林くんについて詳しいことを知っていた。言葉がわかるというのは人がわかるということなんだなと、みのるは初めて思った。英語の授業で習う『ディスイズアペン』の用途はわからなかったが、中田正義を見ていると、膨大《ぼうだい》なディスイズアペンの積み重ねが、何か大きなものを生み出すような気がした。

中田正義は大人の顔で笑っていた。

「お風呂、どうする？　俺、湯上がりにジュースが飲みたいんだよね。もちろんみのるくんの気が乗らないならやめとく。コンビニで飲み物買って帰ろう」

「……行きます」

「オッケー」

そうして青い車は、温泉施設の駐車場へと入っていった。

温泉施設は広かった。レストランもあって、露天風呂もあって、ソファとテレビがセットになったリラクゼーションルームもついている。裸で遊べるテーマパークのようだった。

中田正義はぱーっと服を脱ぎ捨ててしまうと、一枚ずつ丁寧にたたんでロッカーに収納し、タオルを腰に巻いて両手を腰に当てた。記憶の中にあるお父さんの裸より、中田正義の体はたくましく見えた。一緒にお風呂に入った時、お父さんは一体何歳だったのだろうと、みのるはぼんやり考えた。

「じゃあしばらく自由行動かな。好きなお風呂を巡ろう。それとも一緒に行く？」

「……一人が、いいです」

「了解。じゃあ何か用があったら呼んで。すぐ行く」

そんなパトカーみたいな、とみのるは思ったが、中田正義は弾んだ足取りで大浴場へと去っていった。

試しにみのるは、なかたさーんと呼んでみた。そんなに大きな声ではなかったのに、中田正義は犬笛を聞いた犬のように戻ってきた。

「はーい」

「……す、すみません。特に用事は、ないんです。すみません」

「用事がなくてもいっぱい呼んでくれたら、俺嬉しいよ」

中田正義は太陽のように笑いながら、両手を振って戻っていった。

みのるは途方もない気持ちになりながら、とりあえず一番近いところにあった丸い形のお風呂に向かい、かけ湯で体を流してから、じっくり肩まで浸かった。

入館料は二千七百五十円と書かれていた。

中田正義はそれを二人分、こともなげに払った。

湯気に包まれながら、みのるは考えていた。こういうのが普通なのだろうか。赤木のようにアプリゲームにじゃぶじゃぶお金を使うような中学生は一般的ではないとしても、家族と一緒に三千円近く払って、温泉施設に行くくらいのことは、普通のことなのだろうか。一週間に一度はないとしても、一カ月に一度くらいは、こういうことがあるのが普通なのだろうか。

だとしたら、今までお母さんとみのるが送ってきた生活は、何だったのか。

毎日毎日毎日、どうやって電気代や水道代を少ない貯金の中から支払うのかを考え、激安インスタント食品とパンの買いだめはどちらが安くつくのかと、えんえん比べ続けているような日々は。

全然普通ではなかったのではないか。

そんなことはない、とみのるは首を振った。子どものみのるがコンビニに公共料金を支払いに行くと変な顔をする店員さんは今までにもいたし、量販店でパンやお茶を買いだめすると怪訝《けげん》な顔で見られることにも慣れていたが、だからといって自分が普通じゃないと思ったことはなかった。

でももしかしたら。

もしそうではないとしたら。

みのるは急に怖くなって、湯船から立ち上がって隣の湯へ向かった。ひのきの風呂。シャワーを浴びて入るタイルばりの風呂。みなとみらいのビルが一望できる露天風呂。全部の風呂を回っても、怖い気持ちは流れていかなかった。

途方に暮れ始めた時、みのるは後ろからぽんと背中を叩かれた。髪の毛のぺちゃんとした中田正義が立って、笑っていた。

「みのるくん、暇？　足湯に行かない？」

「あしゆ」

「足だけ温泉につけるやつ。服に着替えてからだけど」

みのるはこっくりと頷《うなず》き、中田正義と共に大浴場から引き揚げた。中田正義は服を脱ぐのも着るのも早かった。肩にタオルをかけ、生乾きの髪を乾かしながら、みのるは中田正義と共に足湯に向かった。

足湯は施設の屋上階に設置されていた。

目の前に巨大な観覧車があり、その中央あたりにデジタル時計がついていた。時刻は十七時十七分である。

屋上庭園のような施設だった。

「あ、時刻がゾロ目だ。ラッキーミー」

「らっきーみー？」

「『ツイてる！』って意味。いや、そんな、ツイてるわけでもないか」

中田正義は恥ずかしそうに笑い、高そうなスラックスの裾《すそ》をくるくると巻き上げて、浴槽に足を垂らした。水深からして膝《ひざ》までめくりあげる必要はなさそうだったが、みのるも限界までズボンをめくりあげて臨んだ。

足湯は少し温度が高くて、冷たい風が気持ちよかった。

自動販売機で買ったレモン味のジュース二本のうち、中田正義は片方、みのるに渡し、もう片方の口を開けて飲んだ。

「うまいなー！　大きなお風呂とジュースの組み合わせ、なんでこんなに鉄板なんだろう」

「中田さん、大きなお風呂が好きなんですか」

「どうかな、あんまり？　でも友達と行くのは好きだよ。別にお風呂に限ったことじゃないけど」

「……中田さん、友達たくさんいるんですね」

「少ないよ」

即答だった。恥ずかしがる様子も、悲しがる様子もなく、中田正義はただ事実として告げていた。みのるは驚いた。

「友達少ないのって、嫌なことじゃないんですか」

「全然。俺は自分が『友達になりたい』って思う人と友達になりたいだけで、誰でもいいから友達になりたいとは、あんまり思わないな。友達が少なすぎるのは嫌だって人もいると思うけど、俺は逆に、友達が多すぎても嫌なことがあると思う」

全くその通りだとみのるは思った。

そして今日あったことを、少しだけ、中田正義に打ち明けることにした。

「……『友達になってあげたら嬉しいだろ』って、隣の席の子に言われたんですけど……別に、そんなの、嬉しくなくても、普通ですよね」

「面白い子だなあ。俺は普通だと思うよ。いや、別に全部のことが『普通』の必要なんてないけど、そもそも友達って『なってあげる』ものなのかな」

みのるは頷いた。『友達になる』ならまだしも、『友達になってあげる』という言葉には、上から目線の空気が付きまとう。そんな気持ちで友達になられるなんてまっぴらごめんだし、そもそも『友達』という言葉に失礼な気がした。

でも。

中田正義の場合は、どうなのだろうと。

みのるは考えずにはいられなかった。

中田正義はみのるのことを保護してくれている。高そうなマンションに住まわせて、問題を起こしたら中学校に迎えに来てくれた。二千七百五十円も払ってお風呂屋さんにも連れてきてくれた。

膨大な『してあげる』の数々に、みのるは胸が押しつぶされそうになった。

もし中田正義がみのるにそういった『してあげる』をしてくれなかったら、今頃みのるは今と同じ中学には通っていないはずだった。馴染みのない場所で呆然《ぼうぜん》としていたかもしれなかった。それが今の生活とどれほど違うのかは想像するしかないにせよ、少なくともお迎えやお風呂屋さんはなかった気がした。ほぼ間違いなく。

将来どれほど頑張っても、この恩は返しきれないのではないか。

大きくなったら自分はこの人の奴隷《どれい》になるのかもしれないと思いつつ、みのるは口を開いた。

「……中田、さんは……」

「正義でいいって。ああでも、中田のほうが呼びやすいならそっちでいいよ。『中田』も『正義』も、両方大好きな名前だから」

みのるは新鮮な気持ちになった。自分の名前をそんなふうに思っている人がいるなんて考えたこともなかった。

みのるは何か質問をするつもりでいた。どうして中国語を勉強しようと思ったんですか。車は青ですけど青が好きなんですか。靴のサイズは何センチですか。

だが口から出て行ったのは、まるで違う言葉だった。

「…………なんで僕に優しくしてくれるんですか。僕がかわいそうな子だからですか」

みのるは口にしたあと、自分が爆弾を投げてしまったことに気づいた。

なんで優しくしてくれるのか。

もちろんみのるにとって、今何よりも一番聞きたい質問ではあった。

でも、『うんそうだよ』と言われてしまったら、どうしたらいいのかわからない。

そうか僕はかわいそうな子なんだなと思いながら、中田正義と同じマンションに帰らなければならないとしたら、それは心を殺すのと同じになりそうだった。

中田正義はただ、黙っていた。微笑《ほほえ》みもせず、怒りもせず、悲しそうな顔もせず、ただ真摯《しんし》にみのるを見ていた。

ちゃぷちゃぷ、と音を立てる足湯の中で、中田正義は左右の足をからませていた。

「…………もっと早く会いたかったんだ」

「え？」

「俺、もっと早く、みのるくんに会いたかった」

思ってもみない言葉だったが、中田正義は真剣だった。

みなとみらいの観覧車を横目に、中田正義は前を向いて喋り続けていた。

「みのるくん、今年で十三歳だろ」

「はい」

「もし俺が、生まれた時からみのるくんのことを知ってたら、今年でもう十三年は傍にいられたはずなんだよ」

「……そ、それは、そうですけど」

「だから俺すごく悔しい。もっと一緒にいたかった。もっと力になりたかった。十三年前っていったら、俺はまだ十五歳くらいだから、できることだって限られてたとは思うけど、それでも何かできたんじゃないかと思うから」

だから悔しい、と中田正義は繰り返した。

「だって俺、みのるくんの…………親戚の人だから」

「…………」

中田正義は何か、巨大なもどかしさのようなものを抱えながら、『親戚の人』と発音した。

ほんの一瞬、みのるは中田正義が自分のお父さんなのではないかと想像し、すぐに自分の馬鹿《ばか》さ加減に呆《あき》れた。当時十五歳の相手と自分のお母さんが結婚するはずはなかったし、そもそもみのるを公園に連れて行ってくれた人は中田正義ではなかった。

それでも、もしかしたらそうなのかもしれないと。

考えずにはいられないほど、中田正義は思いつめた声をしていた。

「親戚の人って、困った時に頼れる相手のことだろ。それが十三年間、ずっとさぼってたわけだから、俺は今、十三年分みのるくんに借りがあるんだよ」

「借り」

「うん。いや、この表現は変かな。ともかく俺は、みのるくんが今まで生きてきた間ずっと、『親戚の人』の仕事ができなかったんだ。俺はそれがすごく悔しくて悲しくて、だから今その仕事がしたいんだ」

「……親戚の人の仕事って、どんなことですか」

「全部。みのるくんがしてほしいと思うことや、特にしてほしいとは思ってなくても役に立つことなら、全部したい。何だかジェフリーさんの気持ちがわかっちゃうな。ジェフリーさんっていうのは、それこそ俺の『親戚みたいな人』の筆頭なんだけど」

「外国人の親戚がいるんですか……？」

「うん、まあ、ながーい話になる」

もともとあのマンションを持っていた人だと、中田正義は語った。ということはジェフリーさんという人は、間接的にみのるの恩人になるらしい。中田正義は笑っていた。

「すっごく面倒見がいい人で、困った時いつも助けてくれる」

「…………」

「俺もそういう人になりたい。みのるくんにとって、頼りがいのあるやつになりたい。それでみのるくんが大きくなったら、一緒にお酒を飲んだりしたいな」

「…………」

「だから今、俺はみのるくんの傍にいたい。答えになってるといいんだけど」

中田正義は体をひねり、みのるを正面から見ていた。

海から吹く潮風と、午後五時三十分を告げる汽笛《きてき》の音が、湿った髪を撫《な》でてゆく。

みのるはじっと、中田正義を見返した。今まで生きてきた中で、こんなに一人の人の顔を見つめたことはなかった。お母さんとは見つめ合ったことがあったけれど、こんなに『自分と全く違う人』という雰囲気ではなかった。お母さんと見つめ合うのは、どこか鏡を覗《のぞ》き込むのに似ていた。お母さんの瞳の中にいるみのる。みのるの瞳の中にいるお母さん。

でも中田正義は、彼だけの瞳で、じっとみのるを見ていた。

みのるは何と言っていいのかわからなかった。ただ胸の奥には百も千も質問が渦巻いていて、その中の一つがまた口から出て行った。

「……僕は、かわいそうな子ですか。普通の子じゃないんですか」

中田正義は少しだけ笑い、みのるの頭に手を置いた。

「かわいそうな子って、どんな子のこと？」

「……普通じゃない子のこと……」

「じゃあ、普通じゃない子はどんな子かな」

「…………お父さんがいなかったり……お母さんが……病気だったりする……」

「なら、俺も昔は『かわいそうな子』だったな。お父さんはいなかったし、お母さんも、今の基準で判断するなら多分病気だった」

「えっ」

「本当だよ。嘘《うそ》じゃない」

みのるは黙り込んだ。ならそれは『かわいそうな子』ではない気がした。中田正義は立派な大人になっている。かわいそうな子というのは、将来立派な大人になる可能性が全然ない子のことである。みのるはそう思っていた。

でもそうと口にするのは、とても悪いことである気がした。

所在なく足湯に目を落としていると、中田正義の手は、みのるの髪をくしゃくしゃと撫でた。気持ちがよかった。

「かわいそうな子とか、普通じゃない子とか、いろいろ言い方はあるかもしれないけど、もしそれが『自分ではどうしようもない理由で苦しんでる子』って意味なら、俺は助けたいな。そういう子を助けたいと思う」

「自分ではどうしようもない理由で苦しんでる……？」

「たとえば家族が病気で、なかなか自分の時間がとれないとか」

「……でもお母さんの病気は、僕が頑張ればよくなったかもしれないし……」

「みのるくんは十分頑張ったよ。これまでずっと頑張ってたって、福田《ふくだ》さんが教えてくれた」

みのるは急に自分が、幼い子どもになったような気がした。一体こんなことを大人に向けて喋って何になるのだろうと思ったし、呆れられそうな気もした。だが中田正義は、みのるの言葉に耳を傾けていた。今までどんな大人にもしてもらったことがないほど、真剣に。

そして中田正義は、だしぬけに表情を崩した。少しだけ、大人ではなく子ども寄りの顔に。どこか苦しそうに。

「同情されるのって嫌だよな」

「…………」

「中学の時、食べるものがなくてパン屋さんに行って、切り落として捨てる食パンの耳の部分だけ、ごっそり分けてもらってたことがあったけど、それを人に見られるのは絶対に嫌だった。『あの子の家は食べるものがないのね』って思われるくらいなら死んだほうがましだと思ってた」

「……中田さんが……？」

「うん。でもやっぱり、俺は運がよかったんだよ。俺には母親だけじゃなくて、近くにばあちゃんもいたから。ばあちゃん大好きだったし」

「おばあさんは、もう、死んじゃったんですか……」

「うん。時々すごく会いたくなる」

中田正義は寂しそうに笑い、恥ずかしそうに頭をかいた。

熱くなってきたので、中田正義とみのるは丁寧に足を拭き、靴を履《は》いて温泉施設をあとにした。併設されたレストランで食事をしようかと中田正義は誘ったが、昨日のパングラタンがまだ冷蔵庫に残っているのをみのるは知っていたし、まだあるのならありったけ食べたかったので、首を横に振った。

「みのるくん、今日の夕飯は何がいい？」

「えっ……パングラタン……」

「昨日と同じになっちゃうけど」

みのるは驚いた。夕飯というのは、冷蔵庫にあるものを食べることのはずだったし、何よりパングラタンはおいしかった。あれがいいですとみのるが告げると、中田正義は嬉しそうに笑い、そうか、そうかあ、と繰り返した。

「あれ、気に入った？」

「はい。すごくおいしかったです」

「そうかあ、ありがとう。ほっとしたよ。ぶっつけ本番だったから自信がなくて」

「あんなにおいしいグラタン、食べたことないです」

「よかった」

中田正義は深々と安堵《あんど》の息を漏《も》らしたので、みのるは呆れそうになった。中田正義はお金持ちで、かっこよくて、中国語ができて、料理も得意で、車の運転もできて、優しい人で、なんだかもう気持ちが悪くなるくらい何でもできる人であるようだった。

みのるは助手席で声をあげて笑った。

「どうしたの？」

「すみません。ちょっと、笑っちゃって」

「いいよ、いっぱい笑ってよ。俺みのるくんの笑い声、初めて聞いた」

そう言って中田正義は、顔いっぱいに笑った。

みのるはもう一度笑おうと頑張ったが、何故か笑顔のかわりに涙が出そうになったので、途中で諦《あきら》めた。

夜の十時。中田正義はまだ仕事があるそうで、何度も何度も謝りながらマンションを出て行った。みのるはパジャマに着替えて中田正義を見送ったあと、大急ぎで服を着替えてジャングル屋敷に向かった。懐中電灯はなかったが、スマートフォンを満充電にして、長い時間ライト機能が使えるように準備した。

名刺入れを。

中田正義からもらった名刺入れを、何としてでも見つけ出さなければならなかった。そのためにはジャングル屋敷を捜索しなければならない。

学校をさぼって昼間に捜索するのが一番見つけやすい気がしたが、そんなことをしてまた中田正義を学校に呼び出すようなことになっては意味がない。

あげたものをいきなりなくすような子だと、中田正義に思われたくなかった。

ケンカなんて滅多にせず、学校にもちゃんと通うまあまあな子だと思われたかった。

そのためには何をおいても、名刺入れを見つけ出すこと。

そしてその中に入っていた鍵を、『ひょっとしてこれを忘れていませんか』と返すこと。

それが何より大事だった。

バケツを三つ重ねて門を乗り越えるのも、夜のジャングル屋敷に入るのにも、みのるはすっかり慣れてしまった。今まではせいぜい二週間に一度程度しか侵入しなかった場所が、まるで自分のための秘密基地になったような気がした。

案の定、屋敷の例の扉は開いている。ためらわず、みのるは中に入った。

みのるは階段を駆け上がろうとし、驚いた。

階段の上にある部屋から、明かりが漏れている。

庭にいた時には何も見えなかったので、雨戸に遮《さえぎ》られていたか、たった今明かりがついたかどちらかのようだった。蠟燭《ろうそく》や人魂《ひとだま》レベルではなく、広場用の非常電源のような、煌々《こうこう》と輝く照明光である。

ジャングル屋敷に、人がいる。おそらく幽霊ではない、れっきとした人が。

みのるは慌てた。もし屋敷の本当の持ち主だとしたら、変な子どもがいると通報されて、また中田正義が呼び出される可能性もある。絶対にごめんだった。

階段下の廊下の突き当たり、ごちゃごちゃと家具の積み上げられたスペースを見まわし、みのるは半開きになった木製のクローゼットを見つけた。子どもなら隠れられるサイズである。足音が聞こえてくる。迷っている暇はなかった。

みのるはクローゼットの中に入り、内側から扉を閉めた。外の様子が確認できるよう、指先一本分ほど隙間《すきま》を開けておくのを忘れずに。

階段を下りてきたのは三人だった。全員、肌の色が白く、眼は青か茶色だった。おそらく日本の人ではない。

腕を組んだ五十歳くらいの男女と――あの幽霊。

この前とは違う、深い緑色のスーツを着た幽霊は、礼儀正しい微笑みを浮かべながら、二人を流暢《りゅうちょう》な英語で導いていた。

「…………」

みのるは英語を話す幽霊に驚いていた。それはもちろん、金髪だし青い目だし、イギリスに住んでいたというのだから、英語を話しても当然だろうと思ってはいたが、それでは何だか『日本語吹き替え版』に説明がつかない気がした。

クローゼットの中から眺める風景は、古い映画の世界のようだった。

男女の外国人は、あたりをぐるりと一周し、みのるの隠れたクローゼットの前で足を止めたが、結局どちらも扉を開けようとはしなかった。

みのるは安堵のため息をつき。

はずみで足が動き、扉を押してしまった。

ギイと音がする。

オウ？　という声をあげて、外国人の女性が振り向いた。みのるは焦った。最後の最後で気を抜いてしまった。通報警察児童相談所中田正義の呼び出しというワードが、頭の中をぐるぐるする。

だが。

聞きなれた声の主が、大きな声で何かを言って——もちろん英語だった——女性を呼んだ。少し怪訝な素振りを見せていたものの、まあいいかという顔をして、女性は去っていった。

「…………！」

みのるはしばらく、生きた心地がしなかった。

足音が完全に聞こえなくなるまで、膝をかかえてじっとして、五分かそこらうずくまっていると、そのうち車の音が聞こえた。ジャングル屋敷の近くに停められていた車が、遠くへ去ってゆく音だった。

今度こそみんないなくなった、と。

クローゼットから出ようとしたみのるは、

「そこにいますね」

いきなり目の前から声をかけられ縮みあがった。

クローゼットの扉は外から開かれた。

立っていたのは、深緑のスーツ姿の『幽霊』だった。

「……ごめ…………んなさい……」

「いいから、お立ちなさい」

幽霊は怒っていなかった。ただ困った子どもを諌《いさ》める顔をしていた。以前会った時と同じく、隅《すみ》から隅まで美しい生き物で、相変わらず現実味がない。しかし足はある。今日の革靴は、細かなぷちぷち模様のついたこげ茶色だった。

「驚きました。何故隠れたのです」

「……怒られると思ったから……」

「怪我がなくて何よりです。屋敷のこちら側はまだ補修が追いついていませんので、滅多なところに触れると何が起こるかわかりません。どうぞお気をつけて」

屋敷のこちら側？　とみのるが首をかしげると、幽霊は微笑んだ。

「そのうちわかるでしょう」

「……何でこんな時間にお客さんが……？」

「幽霊には幽霊の流儀があるものです」

そして幽霊はみのるの服をはたいて、埃《ほこり》を落としてくれた。

「それで？」

「え？」

「本日はどのようなご用向きでこちらへ？」

幽霊は胸の前で指を組み、どこかいたずらっぽく微笑んだ。二階から漏れてくる照明が逆光になっていて、幽霊の顔は暗く見える。文字通り『後光が差す』相手と向かい合い、みのるはどぎまぎした。

みのるは正直に、落とし物をしたことを告げた。幽霊が協力してくれるなら、何だかすぐに片づいてしまいそうな気もした。

「落とし物？　どのようなものですか」

「……カードケースで……」

「カードケース」

「きらきらした、蝶《ちょう》の模様が入ってます。色は黒で……素材は木で」

詳細を聞くと、幽霊は少しだけ白い眉間《みけん》に皺《しわ》を寄せた。

「お話をうかがうに、少々大人びたアイテムのように思われますが、それはあなたの持ち物ですか?」

「………もらったんです。あの……」

大切な人に、とみのるは補足した。盗んだのではないと言いたかった。

すると幽霊は微笑んだ。今までみのるには見せたことのない微笑みだった。何か仕方のないことをした子どもを叱るような、一番機嫌のいい時のお母さんがみのるに向けるような、穏やかに包み込む表情だった。

「左様でございますか」

「は、はい」

「では間違いなく見つけなければなりませんね。あなただけではなく、あなたを信じてその品物を預けたであろう人のためにも」

「はい!」

「しかし、今日はやめましょう」

えっ、とみのるは呻《うめ》いた。

幽霊は再び、静かな大人の表情になっていた。

「今が何時かおわかりですか。夜の十時三十分です」

マンションを出てからもう三十分も経《た》っていた。みのるは慌てた。中田正義が気づいてもおかしくない時間である。念のため「コンビニに行っていました」と言い訳するために、既《す》にお菓子をポケットに入れていた。

幽霊は静かに、みのるを叱っているようだった。

「私は超自然的存在であるためあまり現世に詳しくないのですが、あなたさまの在住するこの都市には、『青少年保護育成条例』というものが存在するのではありませんか？　それは夜十一時以降の出歩きを禁じるものでは？」

「ま、まだ、十時半なので」

「イグザクトリー。その通りです。しかしこれから探索作業に入った場合、あなたさまが居住地に帰る時刻は、間違いなく十一時を回ってしまうことでしょう。この点についてはどう思われますか」

「…………ま、まずいです」

「まずいですね」

神妙な顔で『まずい』と言った幽霊に、みのるは少し笑ってしまいそうになったが、幽霊は笑わなかった。

でも自分は学生なので、夜の間しかここに来ることはできないのでと、みのるがもごもご言い訳すると、幽霊は穏やかに表情を崩した。

「探しておきます」

「えっ」

「私は幽霊ですので、屋敷の中の物探しなどたやすいことです」

「ほ、ほんとですか」

「本当です」

幽霊は自信満々に言いきった。たぶんこの人は幽霊じゃないなと八割がた思っているみのるでも、信じてしまいたくなる口調だった。みのるを追い返すための、ただのおためごかしではないと。

幽霊は微笑み、みのるの頭にそっと触れた。

みのるは一瞬、目の前に中田正義がいるような気がした。

柔らかな指と、手の平の感触と、何より触れ方がそっくりだった。

「ですからもう、今日はお帰りなさい。あなたの大切な人が心配します」

「…………」

歌うような声色《こわいろ》の、優しい言葉だった。何でも許してくれそうで、いいよと笑ってくれそうな声だった。

だからこそ。

みのるは首を横に振った。

「やっぱり、自分で探したいです」

「おや」

「僕がなくしたので……僕が見つけなきゃいけないので」

お願いします、とみのるは幽霊に頭を下げた。

幽霊はしばらくの間黙っていたが、小さくため息をつき、もう一度、そっとみのるの頭に手を置いた。

「ついておいでなさい」

「！」

幽霊は階段を上り始めていた。探していいということである。みのるは笑って背中を追いかけた。

二階の部屋には、以前みのるが訪れた時には存在しなかった巨大な照明が置かれていた。しかし部屋はまだかびくさく、埃もたまっていて、キラキラ輝く板の張られた黒い箪笥《たんす》もそのままである。はいつくばる気にはなれなかったので、みのるは最大限体をかがめて、あたりの床を丁寧にさぐった。幽霊は隣の部屋に去り、何やらゴトゴトと音を立てていた。その間みのるは、部屋中を探ったが、名刺入れはなかった。

「…………」

みのるがため息をついた時、隣の部屋から幽霊が戻ってきた。手には何かを携《たずさ》えて。

照明の光で、手の中のものがきらりと輝いた。

「ご覧ください」

「えっ……?」

みのるは顔を上げ、言葉を失った。

幽霊が手に持っているのは、きらきら輝く石のつらなりだった。大きな青い石が中央にあって、その左右から緑色と赤色の玉の筋が、いくつもいくつも滝のように流れている。

美しかった。

ただただ、美しかった。

「これは……何ですか?」

「ブレスレット。腕に巻くための飾りです。こちらの一番大きな石はサファイア、緑色の石はエメラルド、赤い玉はルビーです。留め金の部分にはめこまれているのはダイヤモンドですね」

サファイア、エメラルド、ルビー、ダイヤモンド。名前はみのるも知っていた。だが見たことはなかったし、死ぬまでにそういうものを目にする機会があるとも思ったことがなかった。それを何故か、幽霊が自分に見せてくれている。

「どうぞ手に取ってご覧ください」

「えっえっ、それは、それはいいです……」

「幽霊がいいと言っているのですよ」

「…………」

幽霊がいいと言っているからってどういう意味なのだろう、といぶかりつつ、みのるは何となく手を伸ばしてしまった。

ブレスレットは想像よりずっしりとしていた。石はひんやりと冷たく、丸みを帯びている。緑色の石、エメラルドは中が中空で、マカロニのように長細い。赤色の石、ルビーはビー玉のように丸い形になっていた。ダイヤモンドのついた留め金の部分はつやつやしていて、手首の内側に触れると少しくすぐったい。

「お気に召しましたか」

我に返ったみのるは、慌ててブレスレットを幽霊に返した。あんまりべたべた触って何か間違いがあっては大変だった。

幽霊は笑いながら、みのるからそっとブレスレットを受け取った。

「あの、これは……？」

「この屋敷の持ち主がかつて所有していた『宝』の一つですよ。私が鑑定の仕事を任されていることは先日お話ししたとおりです」

「……このお屋敷に、こんなもの、置いてあったんですか」

正確には貸金庫の中ですが、と幽霊は言った。かしきんこはよくわからなかったが、ともかくジャングル屋敷の中には、たくさんの宝物があるようだった。正門がぎっちりと鎖で閉ざされていたのも頷ける。

輝く光の塊《かたまり》を、幽霊は大きな照明にかざし、部屋の中に光の綾《あや》模様を描き出した。ステンドグラスに光が差し込んだように、部屋の壁中にいくつもいくつも、光の筋が現れる。

「……きれい……」

「その通り。とてもきれいです」

「…………あなたみたいにきれいです」

「誰かのようなことを言いますね」

幽霊は微笑し、みのるは何故だか恥ずかしくなった。

幽霊はもう一度、みのるの前にブレスレットを差し出した。一番大きな青色の石、サファイアをよく見ろと促すように。

青い石には、細いはりがねでひっかいてつけたような、繊細な模様が彫り込まれていた。うにゃうにゃとした模様が、最初みのるは何だかわからなかったが、観察するうち徐々に絵が浮かび上がるトリックアートを眺めるような気持ちで見つめ続けると、おぼろに形がわかってきた。

「これは……波ですか？」

「お察しの通り。このサファイアは、海の波をデザインしたものになっております。逆巻く水、多くの芸術家を魅了したモチーフです」

「なみ……」

「海にゆかり深いこの街のお屋敷には、ぴったりの品物かと」

そして幽霊は、歌うようにそらんじた。

ゆくかわのながれはたえずして、しかももとのみずにあらず。

よどみにうかぶうたかたは、かつきえかつむすびて、ひさしくとどまりたるためしなし。

今度は呪文ではなく、日本語のようだったが、完全にはわからない言葉だった。みのるがぽかんとしていると、幽霊は補足してくれた。

「『方丈記《ほうじようき》』。鴨長明《かものちようめい》です。日本三大随筆《ずいひつ》と呼ばれるうちのひとつですが、枕草子《まくらのそうし》、徒然草《つれづれぐさ》とともに、学校で習いはしませんでしたか」

「……あ、あの、枕草子と、徒然草は習ったんですけど、方丈記はやらなくて……名前だけ暗記させられます……」

「おや、そういうものですか」

私は三つのうちでこれが一番好きなのですが、と幽霊は少し残念そうな顔をした。幽霊は日本の古典が好きなようだった。何でこんなに癖の強い幽霊がいるのだろうとみのるは思ったが、そんなことを考えても仕方がなかった。幽霊は笑い、手に持ったブレスレットを左右に動かし、部屋に広がる綾模様を動かした。光の王さまのようだとみのるは思った。

「水は、もとの形に戻ることはありません。常に動き続けている。同じ場所、同じバケツで海の水をすくったとしても、同じ水ではないのと同じです。これは人間のありかたにも通じる話です」

「…………どういうことですか……？」

「くだいて言えば『今日のあなたと明日のあなたは、ちょっと違う人』ということです」

みのるは考えた。そういえば前にテレビのバラエティで、人間の体には新陳代謝という機能があるので、三カ月たつと肉体的には別人になっているという話をやっていた。よくわからないなりに、お風呂に入ると垢《あか》が出たり、爪が伸びたりするのはわかるので、そういうものかと思っていたが。

幽霊が言っているのは、それとはまた違う話のようだった。

「おわかりかと思いますが、五歳の時のあなたと今のあなたとでは、世界の見え方が異なっているはずです」

「それは、成長したので」

「その通り。人間は成長する生き物です。日一日、時々刻々《じじこっこく》。五歳のあなたと今のあなたの場合と比べれば、些細な変化に感じられるでしょうが、小さなスパンであっても考え方や感じ方は変化している」

「…………」

「裏を返せば、変わり続けることこそが人間の本質とも言えるでしょう。何故ならこの世界もまた、たえず変化し続けているのですから」

変化。

考えるまでもなく、みのるの周りは変化だらけだった。春に中学生になったと思ったら、ずっと眠ってばかりだったお母さんは警察へ行って、病院へ行って、しばらく入院するという。すると魔法のように中田正義が現れて、豪華なマンションで一緒に暮らしてくれるという。おまけにジャングル屋敷には人が入っていて、そこには金髪の幽霊が出る。とても優しい幽霊が。

変化は怖い。変化はいやなこと。変化は恐ろしいこと。お母さんと一緒にいられなくなること。みのるはずっとそう思っていたし、身の回りが何も変わらないことを祈っていた。

それでも。

全ての変化が、完全に、悪いことばかりではなかった。

幽霊は穏やかな顔で、みのるを見つめていた。みのるには彼の持つブレスレットが、不思議な希望の塊のように見えた。世の中のいいこと、美しいことだけを集めた、魔法の玉のような。

「あなたが探したいと思うものを、心の赴くままにお探しなさい。どこまでも貪欲《どんよく》に、諦めず。ですが今日は、どうぞお帰りなさい。明日も明後日《あさって》も、まだあなたの冒険は続くのですから」

「…………」

みのるはいつの間にか、こくりと頷いていた。幽霊も頷き返してくれた。いつ屋敷に来てものを探してもいいけれど、とにかく今日はやめておきましょうという言葉だとみのるは解釈したが、それ以上の何か大きな意味があるような気もした。

みのるは言葉を、心のポケットの内側にしまっておくことにした。今はよくわからなかったが、いつかわかるようになるかもしれないから。

みのるは笑い、ぽろりとこぼした。

「幽霊さんは、ジェフリーさんみたい……」

「は？　ジェフリー？」

幽霊はおおっぴらに変な顔をした。変な顔をしても美しい人だったが、みのるは慌てた。

「ええと、僕の大切な人の……親戚みたいな人？　すごく面倒見のいい人だって……」

「親戚。なるほど」

ふん、と鼻を鳴らすような声色に、みのるは少し萎縮《いしゅく》した。もしかしたら何か言ってはいけないことを言ってしまったのかもしれないと思ったが、そもそも中田正義と幽霊の間につながりがあるとも思えない。何か別の話と思うほかなかった。

幽霊はブレスレットを隣の部屋に置くと、みのるを屋敷の外まで送ってくれた。ここから門を乗り越えてきたので と言うと、大きな腕で抱え上げ、足を擦《こす》らないように持ち上げてくれる。

「私は屋敷を離れることができません。ここまでです。どうぞお気をつけて」

「はい」

みのるはそのまま、一目散に中田正義のマンションへと駆け戻った。時刻は十一時のギリギリ五分前で、到着した時には十一時一分になっていた。ナントカ条例に違反したからといって警察につかまったという話は聞いたことがなかったが、もしそんなことになったら大事である。みのるはほっと胸をなでおろした。

中田正義の靴は、玄関にない。まだ仕事をしているようだった。みのるはハードワーカーの中田正義が心配になったが、ベッドに入るとすぐ眠くなってしまった。

その日の夜、みのるは夢を見た。中田正義とお母さんと幽霊と福田さんと一緒に温泉に行って、その後みんなで観覧車に乗る夢だった。五人で乗り込む観覧車はとても狭かったが、お母さんとくっついて座ることができるのが嬉しかった。お母さんはまだつらそうだったが、不器用に笑っていた。みのるも笑った。

朝日が覚めた時、みのるは自分がどこにいるのかしばらくわからなかったが、マンションにいたるまでの道のりを思い出し、体を起こした。泣きたい気分になったが、自分の弱気は無視することにした。

変化。

昨日の自分と今日の自分は違うのだと、言い聞かせるような気持ちで。


「あいつマジクズ。クズすぎ」

「人のこと名指しで『貧乏』とか、やばいだろ」

「くさいとか言ってたけど、あいつのほうがくさいし。何食ってんの」

「中学生がソシャゲで散財とか、親の迷惑考えろっての」

「素直にキモいわ」

翌朝のクラスの空気は、暗くよどんでいた。

赤木の席の周りだけ誰もおらず、反対に黒板に近い教室の前側に、ほとんど全ての生徒が移動して、わりあい大きな声でひそひそ話をしている。

まるで赤木に聞かせようとするように。

たった一人、席についている赤木は、何が起こっているのかわからないようだった。昨日まで自分を丁重に扱ってくれていたクラスメイトたちが、教室の遠いところに移動して、いやしい動物を見つめるように自分を品定めしている。しかも品定めの言葉は容赦《ようしゃ》なく耳に届いていた。クズ。やばい。迷惑。気持ち悪い。

教室に入った時、みのるは違う世界に来てしまったような気がした。今まで自分のことを何とも思っていなかったであろうクラスメイトたちが、どこか憐《あわ》れむような、盛り立てるような眼差《まなざ》しで眺めてくる。挨拶《あいさつ》の声も次々にかかる。おはよう、おはよう霧江くん、おはよう。

誰も声をかけない『誰か』を、晒《さら》しものにするように。

赤木は今にも死んでしまいそうな顔をして、しかし自分の席から立ち上がることはせず、じっと教室の前半分を睨《にら》んでいた。進行中の出来事の理解を拒むように。ただ怒りを表明していれば、何かが変わると信じているように。

自分をあたたかく包み込もうとするクラスメイトたちの雰囲気に、みのるは流されそうになったが、次の瞬間、何かが猛烈に気持ち悪くなった。昨日までどうでもいいものとして扱われていたものが突然大切にされる理由がわからなかった。たぶん理由があるのは自分のほうではないのだと、察知するのは簡単だった。

自分ではなく。

クラスメイトたちのほうにある。

クラスメイトたちが変化したのだと。

何かのために——たぶん、赤木のために。

いい意味ではなく、悪い意味で。

みのるは昨夜見かけた、ブレスレットの輝きを思い出した。世界のいいことだけを詰め込んだような光の塊。あのブレスレットが今ここにあったら、たぶん昨日の夜ほどは輝かない気がした。

みのるは適当に挨拶を切り上げ、自分の席に鞄《かばん》を置き、すぐ隣に向き直った。

赤木の席がある場所である。

精一杯笑って、みのるは言った。

「おはよう」

「…………………おはよ」

「昨日はごめん。殴ったり、つかんだりして。よくなかった」

「………………………いや別に、いいし」

赤木はぼそぼそと喋った。本当は全然『いい』なんて思っていないようだったが、それ以外何を言っても、状況が悪化するとわかっているから、そう言わざるをえないようだった。みのるには何となくその気持ちがわかった。

みのるはもっと笑おうとした。昨日の幽霊のように。中田正義のように。

「でも、僕がよくないから」

「…………」

「お弁当こぼして、ごめん」

「…………俺もごめん」

「え？」

みのるは驚いた。

赤木は顔を真っ赤にし、しどろもどろになって喋っていた。いつもは偉そうなくらい堂々としているのに、今の赤木は小学二年生のようだった。

「…………くさいとか、貧乏とか言って、ごめん。最低だった」

「いいよ。本当に貧乏だし」

「俺んちも貧乏だよ。ソシャゲの課金とか、嘘だし。そんなことしたら親父にぶっ殺される」

「そうなの？　何で嘘ついたの？」

「……なんか……かっこいいかなって」

みのるは笑った。赤木は半分怒り、半分笑い、みのるをどついた。全然痛くない叩き方だったので、みのるはもっと笑った。

「課金ってかっこいいの？」

「大人って感じがするじゃん。自分でお金稼いでる感じ。虹《にじ》色のジェム買ってさ、じゃぶじゃぶ回す」

「ジェムっていうの？」

「宝石みたいなやつ。どのゲームでも大体そうだよ。ガチャを回すには宝石がいる」

みのるは再び、幽霊に見せてもらったブレスレットのことを思った。ガチャを回せるかどうかは別として、確かに高価な品物であることは間違いなかった。憧《あこが》れる気持ちも、少しわかる。

みのるはちょっとだけ笑い、軽く切り出した。

「ねえ、実は昨日、幽霊に会ったって言ったら信じる？」

「えっ幽霊？　マジで？」

「嘘じゃないよ」

「……足がなかったの？」

「足はあったけど幽霊」

「じゃあなんで幽霊ってわかるんだよ。見間違いじゃなくて？」

「ちゃんと幽霊だったよ。びっくりするくらいきれいな人で、スーツを着てて」

「ねえ。何の話をしてるの」

教室の前のほうにいた女子二人が、おずおずとみのると赤木に近づいてきた。ああまた変わった、とみのるは思った。教室の中が少しずつ、変化してゆく。赤木は得意げな表情で腕を広げた。

「霧江が幽霊見たんだって。昨日」

「うっそー」

「本当だよ。金髪で青い目の」

「『赤い靴』の異人さんじゃん」

「どこで見たの」

「家の近くで……」

「買い物してた外国人ってだけじゃないの」

教室の前半分にいたクラスメイトたちが、一人、また一人と移動し、徐々にみのると赤木を囲んでいった。赤木の声は大きく、よく通った。

「俺もそう思うけど、霧江にはなんか、幽霊だって信じる理由があるんだろ」

「うん。本人が『幽霊です』って言った」

「何それ！」

「ぎゃははは！」

「それただの普通にヤバい人だろ」

クラスの全員を巻き込んで『自称幽霊』の話は続いた。ジャングル屋敷の中にしのびこんだことは、中田正義の呼び出し沙汰《ざた》を考えて黙っていたが、ともかく美しい人で、話し方はとても丁寧で、英語と日本語の二カ国語対応だったことは話した。それは話を盛りすぎでしょと、アイドルの好きな女子は鼻で笑ったが、みのるは気にしなかった。だって本当のことなのだから。

ホームルームのために先生がやってくるまで、話は続いた。

「………霧江」

全員が着席してしまったあと、隣の席からそっと身を乗り出し、赤木が話しかけてきた。

みのるが隣を見ると、赤木は微かに涙を浮かべて笑っていた。

「サンキュ」

「………」

「許してくれて」

「………」

「なんか、してほしいことあったら、やれる範囲でやるわ。言えよな」

「……じゃあ、あのさ」

みのるは勇気を出して、言葉にした。

「……僕が友達になってあげたら、赤木くんは嬉しい？」

みのるが目をぱちぱちすると、赤木はぶーっと噴き出した。そして大人の人がするように机を手の平で叩き、にかっと笑った。

「赤木じゃなくて良太って呼べよ。俺もみのるって呼ぶから」

「いいよ。じゃあ良太」

「何か照れる」

「僕も」

「そこ、私語をしないで。うるさいよ」

同時に先生に叱られた赤木良太と霧江みのるは、顔を見合わせ、笑い交わした。

case.3

女の子とダイヤモンド

「なあなあ、みのる。四組見に行こうぜ」

「また？　今日はもういいんじゃないの」

「そんなこと言わないで行こうぜ！　なあーなあー」

「いいけど……」

名前で呼び合うようになった日から、赤木良太《あかぎりょうた》はみのるを『スーパー親友』に認定した。良太自身がそう言った。今までも親しい友達のことをそう呼んでいたのかと尋《たず》ねると、全然そういうことはなく、なんとなくノリでそう呼びたいというだけらしい。みのるは呆《あき》れたが、悪い気持ちはしなかったので、良太のスーパー親友の肩書きを受け入れた。そして今まで良太を丁重に扱っているように見えた生徒たちが、特に良太を親しく思っていたわけでもなければ、友達づきあいをしていたわけでもなかったことを知った。ケンカ事件があってから、彼らは良太にもみのるにも近づかなくなり、別のグループを形成していた。

ケンカ事件から三日も経《た》つと、クラスの中の空気は元に戻った。誰かをおおっぴらに無視することも、仲間外れにしようとすることもない。

みのるは少しほっとした。

そして良太は何故《なぜ》か、毎日登校してくるごとに、みのるを四組見物に誘った。理由はすぐにわかった。

みのるの所属する三組の隣、四組には、一番星がいる。

星のように輝く、一人の女の子が。

良太の他にも彼女を見つめている男子がたくさんいることに気づき、みのるはため息をついた。

志岐真鈴《しきまりん》。あだ名はマリーン、あるいはマリリン。噂《うわさ》によると、『真鈴』自体が古い女優さんにあやかったものだそうで、彼女の名前がマリリンであるという話だった。

腰まで伸びた黒髪と、ぷっくりと膨らんだ赤い唇、人を睨《にら》み据えるような三白眼と垂れ眼、しゅっと伸びた長いまつげ。

雑誌のモデルをしていて、子役として映画に出たこともある、いわゆる芸能人である。

「ほんと可愛《かわい》いよな。同じ人間なんて嘘だろ」

「うーん……」

「髪の毛サラサラすぎてやばいな。姉貴はストパーかけてるんだけど、あれ見たら絶対嫉妬《しっと》するぞ」

「ストパーって何？」

「ストレートパーマだよ！」

良太にはお兄さんとお姉さんが一人ずついるそうだった。二人とも高校生で、お兄さんは三年生、お姉さんは一年生。受験生になってからお兄さんがずっとイライラしていて、良太もつらいということだった。放っておくと良太はいつまでも自分の話をしてくれるので、あまり話し上手ではないみのるにはありがたかった。みのるをどこへでも引きずってゆくところには、時々困っているものの。

あたり一面の視線を受けながら、しかし全て拒否するように、長い黒髪の少女は凜《りん》とした姿勢で机に向かっていた。全教科の教科書を参照し、借り物とおぼしきノートを写してゆく。家で宿題をする暇がないのか、猛烈なスピードで。

全ての仕草が大人っぽかった。

中学生なのに働いているなんてえらい、お金を稼げるなんてすごい、とみのるは思ったが、それはなんとなく、良太たちの感覚とはズレた感想のようだった。良太はただ志岐真鈴を見て楽しんでいた。お店屋さんのショーケースに並んだ品物を、羨望の眼差《まなざ》しで見つめるように。

「はー。いいよな、志岐真鈴。掃きだめにツルって感じ」

「はきだめにつる?」

「あいつがいるだけで女子のレベルが爆上げってこと！　他のやつらとは格が違うよ」

「は?　クソ男が何様よ」

「サイテー」

良太のつぶやきを拾った女子が、罵詈雑言《ばりぞうごん》を投げかけて通り過ぎていった。あざわらうような顔で、良太は二人の後ろ姿に言い返した。

「何とでも言えよ！　俺は本当のことを言っただけだろ。あいつら、機嫌が悪い時のうちの姉ちゃんそっくりだぜ」

「………………」

「やっぱすげーわ、芸能人。オーラがあるよ」

みのるはなんとなく、ジャングル屋敷の幽霊のことを考えていた。幽霊はとびっきりの美貌《びぼう》の持ち主だったが、それよりなにより、みのるに優しかった。

もし志岐真鈴とマンツーマンで向き合うことになったら、きっと良太はこんなことは言わないだろうなと、みのるは思った。

だが何故か、遠くから眺めている時には、面前では言えないことも言えてしまう。

変なこともあるんだな、と思いながら、みのるもぼんやりと志岐真鈴を見つめた。黒い髪が時折肩から胸に垂れてゆき、それを直す仕草が、なんだか魔法のようにたおやかに見える。そして不意に志岐真鈴は消しゴムを落とした。

床の上で弾んだ消しゴムはころころと転がって、ちょうどみのるの足元で止まった。

思わず拾うと、立ち上がって歩いてきた志岐真鈴と目が合った。

「これ……」

ありがとう、とも何とも言わず、志岐真鈴はさっと消しゴムを受け取り、席に戻った。

みのるは自分が透明人間になったような気がした。

みのるの後ろから、さっきとはまた別の女子の声がした。

「あいつ、ちょっと可愛いからって調子に乗ってんだよね」

「芸能人の学校に行けばいいのに」

「頭が悪すぎて受からなかったんじゃないの」

「あははは」

ひゅっと胸が冷たくなるような言葉に、みのると良太は顔を見合わせた。女子の悪口を聞くのは怖かった。何となく後ろからナイフで切りつけられているような気がした。

志岐真鈴にも声が聞こえていないはずはなかったが、彼女は相変わらず淡々と、ロボットのように精緻《せいち》な手つきで、一心不乱にノートを写していた。


次の土曜日、みのるは中田正義《なかたせいぎ》に連れられて家に戻った。たくさん、たくさん荷物を運び出す必要があった。

「学校の制服や教科書はもう運んだけど、まだ足りないものがいろいろあるから。服とか、日用品とか」

「……でも、ゴミ袋だらけですよ」

「うん。それもちょっとだけ片づけよう。みのるくんが監督してくれないかな。捨てていいものといけないもの、俺だけだとわからないから」

「はい」

中田正義のマンションを見慣れたあとに戻ってみると、霧江《きりえ》家はただ、ただ、ゴミ置き場のように雑然としていた。奇妙なにおいもただよっているし、何より暗い。窓という窓に、お母さんがガムテープで布を張っていたからである。外から誰かに見られることを、お母さんはとても恐れ、恥じていた。

中田正義はまず窓のガムテープをはがし、かけられていた布をたたむと、大きく窓を開けた。久しぶりに家の中で風を感じ、みのるは目を見開かされたような気がした。家は狭かったが、だからといってそんなにみじめでも恥ずかしくもなかった。ただの『人の住むところ』である。

「じゃ、仕分けしようか。大仕事になるから、終わったらおいしいもの食べに行こう」

ジーンズにTシャツ、そして軍手をはめた姿の中田正義は、まずゴミ袋の口を全部開け、明らかなゴミだけを取り出し、市の指定のゴミ袋に詰め替えていった。菓子パンの入っていたビニール袋。使用済みのティッシュペーパー。からっぽのペットボトル。何のための道具なのかもわからない、ピンク色のプラスチックの部品。見かねて手を出したみのるに、中田正義は子ども用の軍手を渡してくれた。仕分け作業は二人の仕事になった。銀行口座に関係した書類や印鑑《いんかん》、お母さんとみのるの写真しか入っていないアルバムなど、重要な品が時々ひょっこり姿を現すと、中田正義が大切に取り分け、間違って捨てないように大きな鞄《かばん》の中にしまいこんだ。

　市の指定のゴミ袋は詰めても詰めてもいっぱいになり、みのるはそのたび、ぱんぱんのゴミ袋を外に運び出した。

　丸一日やっても終わらないのではないかとみのるは心配だったが、中田正義の手際もあり、午後の一時になる頃には、家じゅうの品物は『本物のゴミ』『よくわからないゴミ』『おそらくゴミではないもの』の三つに仕分けされていた。

　本物のゴミを廃棄するのは当然として、中田正義は『よくわからない』と『おそらく』を両方取っておこうと提案した。家の前の小さな庭に座り込み、コンビニで買ってきたゼリー飲料を飲みながら、みのるは目を見開いた。中田正義は昆布《こんぶ》のおにぎりを食べながら喋《しゃべ》っている。

「捨てるのはいつでもできるけど、一度捨てたものは元に戻せないから。ゆらさんの話も聞いてからのほうがいいと思う」

「僕もそう思います」

「でもその時、確認作業はできるだけ楽なほうがいいね」

　そうして中田正義は、今度は百円ショップで買ってきたとおぼしきプラスチックの蓋《ふた》つきケースに、『よくわからない』と『おそらく』の品物を、種類別に仕分けして収納した。布製品。人形。ランチョンマット。もう小さくて着られそうにないみのるの子ども服。期限切れの薬。アルバムは中田正義の部屋に持ち帰ることになった。

整理整頓《せいとん》が完了した時には、二時になっていた。

「ふう！　おつかれさま！」

「…………ありがとうございます。なんだか……別の家みたいです」

別の家のように広々とし、右も左も床が見えるようになった場所を、みのるは見つめ続けていた。少し殺風景すぎる気もしたが、無数のゴミ袋が消えただけで、暮らしやすさは各段に上がって見えた。中田正義ははにかんだ。

「別の家かあ。いい意味だといいんだけど」

「いい意味です！　いい意味です……！」

「よかった」

中田正義は額をぬぐい、にっこりとみのるに微笑《ほほえ》んだ。

作業中、近所の人が何人か通りかかり、中田正義とみのるに声をかけていった。中田正義はその全ての人に、大きな声で挨拶《あいさつ》を返した。どなたですかと尋ねられると、みのるの親戚だと答える。例のパトカー騒ぎを知っている人に、あの後どうなったんですかと尋ねられた時には笑ってごまかしていた。

「今度来る時には家を磨こうか。ワックスがけをしたり、切れた畳《たたみ》を取り替えたりして、ゆらさんが帰ってきた時、もっと快適に暮らせるようにしよう」

「はい」

ぴかぴかになった家が嬉《うれ》しい反面、家の中に名刺入れがなかったことに、みのるはがっかりしていた。学校はありったけ探してしまった。幽霊のおかげで、ジャングル屋敷の中も少しは見ることができたが、そこにもなかった。

となればどこにあるのか。

ジャングル屋敷本体とみのるの家とをつなぐ、それこそ熱帯雨林のような庭の中。

そこでしかありえない気がした。

しかし、そこは、ジャングルである。草という草、泥という泥、木という木が身を寄せ合って密集している人外魔境。砂漠に落ちた針を拾う人のたとえ話を、特別教科の道徳の時間に教わったが、それよりもなお無理であるような気がした。

それでも探さなければならない。

また夜に、今度は懐中電灯を持って来ようと決意をしていたみのるは、中田正義に声をかけられびくりとした。

「どうかした?」

「いえ、あの、ちょっと疲れたなって」

「俺も疲れたなあ。シャワー浴びたい。マンションに戻ろうか。お昼も軽かったし、このあと何を食べに行くか作戦会議しよう」

「コンビニのおにぎりを食べましたよね……？」

「前座、前座。『おいしいもの食べに行こう』って言っただろ。本番はここからだよ」

そうして二人で、徒歩でマンションに戻る際中、唐突に中田正義の電話が鳴った。

いいかなとみのるに断って、中田正義は電話を受け、歩きながら話し始めた。

「ハロー？」

当たり前のように英語だった。

教科書を読んでいるわけでもないのに、中田正義はすらすらと横文字の言語を喋った。みのるはふと、中田正義に英語を教えてもらえるかもしれないという希望を抱いたが、今はだめだと思い直した。あまりにもみのるの頭が悪すぎてがっかりさせることになりそうなので、せめて最初のテストでいい点をとったあとにしたかった。

マンションについてもまだ、電話は終わらなかった。中田正義は困っているようだった。電話が切れないことにではなく、電話の内容に困っているらしい。

部屋に入ったあと、先にお風呂に入って、とハンドサインされたみのるは、そそくさと巨大なお風呂に入って体を流した。お風呂から上がってもまだ中田正義は話していたが、みのるが様子をうかがうとにっこり笑ってピースサインをした。もうすぐ終わる、ということらしい。

その後数十秒で、ようやく長電話は終わった。

中田正義はくたびれた顔で笑った。

「……ごめん。用事が入っちゃった」

「大丈夫です。気にしないでください」

土日まで仕事が入るなんて、ビジネスマンというのは大変なんだなと、みのるは少しかわいそうな気持ちになった。中田正義は大慌《あわ》てで風呂場に駆け込み、みのるがしばらく部屋でスマホをいじっているうちに、素敵なスーツ姿に変身していた。きりりと整った髪に、曇《くも》り空のような淡いブルーグレーの上下、カラフルな幾何学模様のネクタイ。ほんのりといいにおいもする。

いってらっしゃいと挨拶をするつもりで出て行くと、中田正義は何か思い出したような顔をした。

「………みのるくん、ククルマスのフライとか、フライドポテトって好き?」

「え?」

ククルマスのフライって何ですかと尋ねると、中田正義は慌てて、鶏《とり》のから揚げのことだと言い直した。好きだった。たぶんハンバーグとカレーの次くらいには好きだった。フライドポテトは言わずもがなである。でも中田正義はあまり冷凍食品を使わないので、弁当に入っていることは少ない。あこがれの美食だった。

「これから俺が行くところ、ビールと洋食が有名なんだ。みのるくんはビールは飲めないと思うけど……っていうか俺も仕事だからお酒は飲まないけど、いくら食べてもタダだよ」

「タダ！」

みのるが握りこぶしをつくると、そうそう、と中田正義は頷《うなず》いた。みのるはお腹《なか》いっぱい鶏のから揚げとフライドポテトを食べている自分を想像し、それだけで幸せになったが、はたと我に返った。

「でも……お仕事ですよね。僕を連れて行くのは迷惑なんじゃ……？」

「そんなことないよ。実を言うとお客さまからの呼び出しだったんだけど、パーティに人が足りないなんて言ってたから、たぶん訪問したら喜ばれると思う。家族連れで来る人も多いところだから、みのるくんより小さな子もいるんじゃないかな」

「…………」

それなら、みのるが鶏のから揚げとポテトを食べに食べてもあまり目立たない気がした。オレンジジュースや炭酸飲料もあるといいなと思いながら、みのるは中田正義に買ってもらった新しい服に着替え、青い車の助手席に乗った。

そして。

車は首都高を走り。

たどりついたのは東京だった。銀座《ぎんざ》という看板が出ている。

銀座。名前は知っている場所だった。すごく土地が高くて有名で、デパートが並んでいるところ。爆買いをする人もいれば、ブラブラする人もいて、ともかくみのるには縁がない。


中田正義は慣れた様子で駐車場に車を停めると、さて、とみのるを促《うなが》した。

「すぐそこだよ。ビアホールがあるんだ。俺の仕事場は六階だけど、食べ放題は一階のはずだよ。お店は貸し切り」

「銀座って……初めて来ます」

「ちょっと遠かったよね。疲れてるのにごめん」

みのるは首を横に振った。むしろ疲れているのは中田正義のはずである。それでもスーツのビジネスマンは、楽しそうな笑みを崩さなかった。

ビアホールの扉はしまっていたが、中田正義が外に立っているお店の人に名刺を見せると、すぐに扉は開かれた。

待ち構えていたのは着飾った大人ばかりだった。

みのるは息をのむような気持ちでいたが、中田正義が店に入ると、満面の笑みを浮かべたスーツのおじさん三人がさあ、さあさあと出迎えた。置いてけぼりにされそうなみのるをかばい、中田正義は三人を押しのけた。

「じゃあちょっと、上で挨拶だけしてくる。みのるくんは食べてて」

「わかりました！　ゆっくりしてきてください！」

必死の思いでそれだけ伝えると、中田正義は嬉しそうに笑い、エレベーターホールへと消えていった。

ビアホールと呼ばれた場所は、大きなレストランだった。小さな丸テーブルがずらりと並んでいて、天井はとても高く、テーブルとお揃《そろ》いのような丸いランプが、房になってぶらさがっている。

奥の壁には何故か、農作物を運ぶ半裸の女の人たちの絵が描かれていた。

小さなテーブルにえんえんと並ぶごちそうに、みのるは目を輝かせた。バスケットに入った鶏のから揚げとフライドポテトだけではなく、オムライスやローストビーフやソーセージの姿もある。身なりのいい小学二年生くらいの男の子が、一心不乱に極太のポテトを食べていた。

みのるはテーブルに突撃し、スプーンとフォークを確保して、好きなおかずを食べることにした。

食べ放題は楽しかった。いくつものバスケットをみのるは平らげ、中身をレモンとパセリだけにした。ハンバーグも食べた。ソーセージも食べた。見たことのない形のじゃがいもの料理も食べさせてもらって、給仕のお姉さんに名前をきくと、石焼きジャーマンポテトであるとのことだった。

夢のような空間だった。

だが誰とも話すことのできない食事は、何だかむなしかった。

ここに良太がいたらなあ、とみのるは思った。そうしたら二人で馬鹿馬鹿《ばかばか》しいことや楽しいことをいっぱい話しながら、フライドポテトやから揚げを好きなだけつまめるのにと。

「…………」

帰りの車で大変なことにならないように、このくらいにしておかないといけないかなと、みのるは少し心配になった。中田正義の姿はまだ見えない。

ふとエレベーターホールに目をやると、誰かがちょうど出てくるところだった。

妖精のような、ふわふわしたチュールの白いドレスの女の子。長い髪の毛。三白眼。

どこかで見たことがあるような気がして、しばらく見つめていると目が合って、みのるは慌てた。そして気まずさで相手の名前を思い出した。

志岐真鈴。

間違いなくその人だった。

みのるの存在に気がつくと、志岐真鈴はずんずんとホールを横切って近づいてきた。どうして、どうしてと思っているうち、目の前に美少女が立っていた。

「やっぱり学校で会ったことのある人だ」

「…………はい……」

「なんでここにいるの？」

志岐真鈴はずけずけと尋ねた。声は思っていたよりやや低く、合唱の組み分けではアルトになりそうだった。

タダだと聞いて鶏のから揚げとフライドポテトを食べに来たんです、とは言えない雰囲気に、みのるはちょっとだけ良太の真似をし、格好よさそうなことを言うことにした。

「……仕事で……」

「は？」

「か、家族が仕事で」

「へえ」

マンツーマンで対峙《たいじ》すると、志岐真鈴は怖かった。同い年とは思えないほどしっかりしていて、顔や首筋にキラキラした筋が入っている。お化粧をしているようだった。

「じゃあお会いしたかも。何階にいるの？　私は雑誌の仕事で来てる」

ここには仕事で来ているの？　とみのるが問い返すと、志岐真鈴は呆れた顔をした。他の何だと思っているの、と言わんばかりの顔だった。食べ放題を楽しみに来たと言わなくて本当によかったと、みのるは内心胸をなでおろした。

「六階に……挨拶に行くって」

「六階？　ダイヤモンドの？」

「ダイヤモンド?」

きょとんとすると、真鈴の顔に明らかな失望の色が浮かんだ。ああ、あなたは完全に、家族のお尻にくっついてきただけなのね、ああそう、とでも言わんばかりの顔に、みのるは少しむかっとした。

「そうだよ。突然呼ばれて大変だって言ってたけど、自分がいないとどうにもならないからって」

「へえ。そんなに重役なんだ」

「すごく若いけどね」

「おばさま? おじさま?」

「……男の人だよ。親戚」

とは言うものの、みのるはまだ、中田正義と自分の正式な関係を知らなかった。初対面の時にも、福田《ふくだ》さんは『親戚』と紹介してくれただけで、中田正義もそれ以上のことは言わなかった。苗字《みようじ》も霧江ではない。

でもとても優しかった。

みのるはそっと、真鈴にフライドポテトの皿を押しやったが、真鈴はまた軽蔑《けいべつ》的な顔をした。

「こんな糖質の塊、食べられるわけないでしょ。ケンカ売ってるの」

「そ、そんなことないよ」

「モデルはダイエットなの。私の代わりなんていくらでもいるんだから」

最後の一言を、真鈴は自分に向けて言っているようだった。高いヒールのついた白い靴は、あまり足に合っていないようで、時々バランスを崩す。

みのるは空いた椅子《いす》が二つある席を見つけて、真鈴をそこまで連れて行った。中田正義ならそうするだろうなと思ったら、体が自然と動いていた。ちょうど給仕のお姉さんがやってきたので、真鈴が慣れた仕草で飲み物をオーダーした。ペリエを二つ。知らない飲み物だった。

「君の名前、何だっけ。悪いけど覚えてなくて」

「霧江みのる、だよ」

「私は志岐真鈴。知ってると思うけど」

「はあ……」

真鈴は手から白手袋を引き抜き、スマホしか入りそうにない小さな白いバッグにねじこむと、からっぽのバスケット三つに残った素揚げのパセリをささっとつまみだし、次々千切って口に放り込んだ。みのるも食べるのが遅いほうではなかったが、驚異的な速さだった。

「……お腹空《す》いてるの？」

「当たり前。このドレス、上で出展してるメーカーさんとアパレル会社のコラボ商品で、ワンサイズなの。入らないと困るから、朝から抜いてる」

「体に悪いよ」

「体にいい悪いとかじゃないの。モデルはそういうの関係ないから」

真鈴の声は決然としていた。ポテトは駄目だけれど葉物の野菜はオーケーであるらしく、今度はサラダを注文し、うさぎのように無言で食べる。視線はずっとエレベーターホールに向けられていた。

「誰か待ってるの」

「うちの社長。戻ってこないと帰れない」

「……じゃあ、その人が来るまで、何も食べられないの？」

「来るまでじゃなくて、いつもの話。まあ野菜はオーケーだし」

目の前にフライドポテトやから揚げやソーセージやジャーマンポテトがあるのに、何も食べられないなんて、みのるだったら耐えられない気がした。最初から何もなければ耐えられるが、手の届くところに広げられると欲しくなってしまう。

みのるは不意に、ドラッグストアで万引きをしかけた時のことを思い出した。

何故あの時あんなにばんそうこうが欲しくなったのか。

考えても考えてもわからないと思っていたことの答えに、少しだけ近づいた気がした。

ばんそうこうを盗みたかったのではなく——なんでもいいから、何かをしたかった。何かやってはいけないと言われていることをやりたかった。その結果自分がどうなるかなど知らない。ただそういうことがしたかった。

何もかも全部に耐えられないような気分に、これ以上耐えるくらいなら。なんでもいいから、何かをしたかった。

何か——自分にも、世間にも、悪いことを。

パセリをつまんでいる真鈴は、みのるがぼんやりしていると、見かねたように笑った。

「そっちは食べすぎちゃったんじゃないの。目がぼーっとしてる」

「……ちょっと考え事してて」

「別に言い訳しなくていいよ。君は仕事で来てるわけじゃないんだし」

真鈴の言葉はきついものの、奥のほうに甘い味が隠れているお菓子のように、いくらか優しかった。仕事の意識が強すぎて、なんだか変なことになっているようだったが、面白い子だなとみのるは思った。

二人はそれから、当たり障《さわ》りのない会話をしながらビアホールで待ちぼうけをした。学校のこと。真鈴の仕事のこと。忙しくて早退することが多いので、どんどん勉強が遅れてしまって困っているということ。学校と繁華街が近すぎてちょっと怖いということ。初めて飲むペリエは炭酸水で、微《かす》かなレモン味が大人っぽかった。

十分待ち、二十分待ち、三十分待った。

エレベーターホールからは三々五々人が下りてきたが、二人の待ち人は現れない。

「…………社長、遅い」

「中田さんも遅い。大丈夫かな」

「行ってみる?」

真鈴は尋ね、みのるは目を見開いた。真鈴はモデルの顔をしていた。

「私は仕事で来てるから、好きな時に出入りしていいの。一緒に来れば? パスがあるから、君も入れるよ」

「…………ダイヤモンドのところに?」

「そう」

みのるはまじまじと、時代がかった装飾のエレベーターホールを見つめた。

中田正義がどんな仕事をしているのか。

興味がないと言えば嘘《うそ》になった。知りたかった。中田正義がどんなふうにビジネスマンをしているのか、ちょっと見てみたかった。仕事をしているところを、もしかしたら中田正義は見られたくないのかもしれなかったが、それでもみのるは見たかった。

真鈴に連れられ、みのるはエレベーターに乗っていた。

「最初に言っておくけど、ショーケースをべたべた触ると怒られるから気をつけて」

「ショーケース？」

「……何も知らないの？」

チーンという音を立てて、エレベーターは六階に到着した。エレベーターホールに立っている係の人に、真鈴はポケットからＩＤカードを取り出して見せた。みのるのチェックはなかった。

六階の大部屋の中は、ガラスのケースでいっぱいの展示場になっていた。

スーツ姿の大人の人たちが、お酒を――ビールではなく、もっと足の細いグラスに入った、ワインか何かのようだった――たしなみながら、楽しそうに語り合っている。

中田正義の姿は見えなかった。

もしかして一人で帰ってしまったのだろうかと思ったあと、絶対にそんなことはないとみのるは思い直した。中田正義がそんなことをするはずはなかった。少なくとも今までみのるの見てきた中田正義という人間像には、そんな行動は全然そぐわなかった。

「あら真鈴。戻ってきたの」

「はい社長。随分《ずいぶん》長いんですね」

真鈴はオレンジ色のスーツを着た女性を『社長』と呼んだ。緊張するみのるの前で、女性はため息をついた。

「まあ四社合同の展示会だから、レセプションが長いのは想像通りよ。それより、このあと歌手の人のショーがある予定だったでしょう。なんだかそっちの雲行きが怪しいのよ。トラブルがなんとか……その子は？」

「同じ学校の霧江くんです。一階で偶然会いました。ご親戚が関係者だとか」

志岐真鈴はハキハキと喋った。社長と呼ばれているのは、右手の人さし指に大きな指輪をはめたすごすぎる気がした。中学生なのに大人を『社長』と呼んでいるなんてちょっと中年の女性で、肌が粉で真っ白で、まつげはマスカラでがびがびで、真鈴の三倍くらい大きそうな唇は真っ赤だった。きれいなのかきれいでないのか、あまりにも化粧が濃くて判断がつかなかったが、ともかく彼女は真鈴とさばさば話していた。

「ああそう。じゃあその子も待ちぼうけなのね。こんにちは。ダイヤモンドなんて退屈？それとも好き？　もし好きなら、うちのモデルになる素養があるわよ」

「……こんにちは……」

「社長。引っ込み思案な子だから、あんまりいじめないであげてください」

「あらまあ。でもそうよね。中学生くらいって、男子と女子の差が激しいものね」

みのるは何だか馬鹿にされた気がしたが、真鈴の『社長』に言い返してもいいことは何もなさそうだったので、ぐっとこらえた。それよりあたりを観察したかった。

四社合同の展示会というのは、どうやらアクセサリーの展覧会のことであるようだった。左右の壁に沿って、四つの会社の看板が掲げられていて、それぞれの看板の下に三つか四つずつ、ガラスのショーケースが展示されている。小さなものがこまごまと並んでいるケースもあれば、大きなトルソーがでんと入っているものもあった。ホールの端は教壇のように一段高くしつらえられていて、黒いピアノをピアニストがポロポロと演奏している。ピアノの隣にはマイクスタンドが置かれていたが、カラオケをしている人はいない。

ケースの中に飾られているのは全て、ダイヤモンドを使った品物であるようだった。

二人で話し込み始めてしまった真鈴と社長を置いて、みのるはホールを回ってみることにした。それぞれのブースには、スーツ姿の男の人や女の人が待ち構えていて、周囲の人に何かを説明している。セールストークのようだった。

みのるが近づいてゆくと、耳にダイヤモンドのイヤリングをした女性が、こんにちはと華やかに微笑んでくれた。みのるは少し気後《きおく》れしたが、こんにちはと挨拶を返した。

「……あの、ここには、ダイヤしかないんですか？」

「そうね、ここはダイヤモンドジュエリーの会社のレセプションだから、ダイヤしかないわ。何か他に好きな宝石があるの？」

「『ジュエリー』……？」

「地金に金やプラチナなんかを使った宝飾品のこと。『アクセサリー』よりちょっと、格式が高い雰囲気の言葉ね」

「…………」

女の人は面倒な顔一つせず、みのるにショーケースを案内してくれた。

ケースの中にはいろいろな装身具が並んでいた。銀色の地金を、女の人はプラチナよと教えてくれた。日本人にはとても人気が高いのだと。金色の地金はゴールド。つまり金である。インドなどでは、地金が金の品しか購入しないというこだわりのある人も多いのだという。

なんだか一つのケースの中に、世界地図が圧縮されているようで、みのるは圧倒されてしまった。

それでもやはり、みのるの頭の中に燦然《さんぜん》と輝いているのは、ジャングル屋敷で見かけたきらきらした光の石と、それを持っていた幽霊の姿だった。ショーケースの中に並んでいる宝石のどれ一つとして、幽霊の持っていたブレスレットのルビーの玉、一粒ほどの大きさもない。

あれより美しいものはきっとここにはないのだろうなと、みのるは一人納得した。それどころかもしかしたら、この世のどこにも。

あまりテンションの上がらないみのるを見ながら、女の人はひとりごとのように呟《つぶや》いた。

「それにしても、今日はちょっと残念だったなあ。『すごい人が来るかも』って噂があったから」

「すごい人？」

「そう。『この世のものとは思えないような、嘘っぽい口調で告げた。


「そう。『この世のものとは思えない美貌の人』」

女の人は、彼女自身信じていないようなことを口にするような、嘘っぽい口調で告げた。ただ楽しんでいる。みのるがぽかんとしていると、また笑った。

「噂があるのよ。この業界、特に銀座には。あんまりこういう場所には姿を現さない、お城の奥に隠れている姫君みたいな人がいるって。でも時々、そう本当に時々よ、とびっきりおいしくて珍しい、甘いお菓子がある時にだけ、姿を現す。その人が扱う宝石はどれも魅惑的で、会えたら絶対に宝石が欲しくなってしまう……そんな噂。まあ、都市伝説みたいなものね」

「なんだか、池のニシキゴイみたいですね」

「あはは。本当にそうかも！」

うちのボスは頑張って関係者に電話をかけていたみたいだったけど、きっと拒否されたのね、と女性は話を結んだ。

そうこうしているうちに、女性の前には新たなお客さんが現れた。どうやらお得意さまのようで、女性は親しそうに声をかけてキラキラのスマイルを向けた。みのるとのおしゃべりはおしまいである。後ろ手で小さく手を振ってくれた。

みのるがブースを離れてすぐ、ホールの壇上に、チャコールグレーに太い格子縞《こうしじま》のスーツを着た、わりあい恰幅《かっぷく》のいい眼鏡のおじさんがやってきて、マイクをぽんぽんと叩いた。

みのるは耳が痛くなった。

「皆さま大変お待たせしました。四社合同展示会の共同主催者、松浦《まつうら》でございます。お愉しみいただけているでしょうか。皆さまのご参加、エリックセン代表に代わってあつく御礼申し上げます」

会場からは拍手が上がった。お酒が入っているせいもあり、めったやたらと調子がいい。

眼鏡のおじさんは頭を下げ、その後恥ずかしそうに告げた。

「あの、大変恐縮でございますが、これから歌をご披露くださる予定だったシンガーさんがですね、さきほどそこで激辛チョリソーを食べ過ぎてしまい、病院に運ばれました」

わははは、という声がホールから上がったが、みのるは笑えなかった。激辛チョリソーだか何だか知らないが、食べ過ぎで病院に運ばれるという構図が、一階で食べまくっていた自分の姿と重なり、他人事《ひとごと》に思えない。あまりにもかわいそうだった。

大丈夫だといいんだけどな、と思いながら、様子をうかがっているうち、みのるの隣には真鈴がやってきた。

「何をやってたの？　宝石を見てたの？　男の子なのに？　ああそうか、最近はこういうことを言うと炎上するんだっけ。注意しなきゃ」

みのるは頷いた。一階で話している間から気づいていたが、真鈴はトゲのあることを言うものの、悪意があるわけではなく、どちらかというと自省の気持ちをこめて言っているような空気があった。あまり気にしないほうがよさそうだったので、みのるは特につっかからず、話をすることにした。

「宝石は……きれいだよね」

「本当にね。石だからずっときれい。最初から最後までずっと」

女の子の魅力と違って、と真鈴は付け加えた。

みのるが怪訝《けげん》な顔をすると、真鈴は小さくため息をついた。壇上ではまだスピーチが続いていたが、他の客人たちも、真鈴とみのるのように好き勝手に喋っている人が多かった。

「あのね、全然わからないと思うけど、この業界『可愛い女の子』も『きれいな女の子』も、掃いて捨てるほどいるの。求められてるのは『若くて可愛い女の子』や『若くてきれいな女の子』だけ。『若くて』が消えたら、はい次、はい次って世界なの。そうならないためには、可愛いとかきれい以外の、絶対に失われない魅力が必要なの」

「……ええっと」

「私はそれが欲しい。そうしたら宝石になれるから」

「…………勉強を、頑張る、って意味？」

「違う。それは無理。私は頭が悪いから」

みのるはちょっと笑った。自分のことを頭が悪いなんて、よりにもよって志岐真鈴が言うのは不思議な気がした。世の中の全部のことを受け止めてしまえそうに見える女の子だったが、やっぱり中学一年生なんだなと思うと、少しほっとした。

「僕も、英語が本当に苦手だよ」

「英語は得意。小学校の時ニュージーランドにいたから。数学と古典がダメ。死んでる」

「古典は、先生がちょっと、怖いよね。頭がもしゃもしゃで……」

「ああ、三組もコバセンなんだ。あのトークはもう念仏でしょ」

みのるは噴き出した。確かにコバセンこと小林先生は、激しいパーマヘアの男性教師で、額の中央からちょっとずれたところに大きなおできがあった。考えてみると大仏さまそっくりである。抑揚のない声でえんえんと喋るため、まさに授業は『念仏』だった。目立ってしまわないよう、むせたふりをしてごまかすと、隣で真鈴も笑っていた。

みのるは思わず尋ねていた。

「志岐さんは、学校、楽しい?」

「全っ然」

「…………」

「君の友達に言っといてよ。『私は動物園の動物じゃないから』って」

みのるは肝《きも》をつぶした。良太が何度も真鈴を見に行っていることを、本人がそうと知っている。当たり前といえば当たり前のことだったが、考えてもみないことだった。良太に話したら怖がるか、驚くか、もしかしたら喜ぶかもしれなかったが、それは真鈴の望むリアクションではない気がした。

　みのるはしばらく、スピーチの声に耳を傾けてから、頭を下げた。

「ごめん」

「……君が謝ることじゃないと思うけど」

「でも……スーパー親友だから」

「はあ？　スーパー何？　ふざけてる？」

「えっと……」

　そもそもスーパー親友の定義は良太しか知らないので、みのるには説明が難しかったが、スーパー親友というからには、相手の不手際や不親切や不調法は、みのるにも責任があるような気がした。

　ごめん、と。

　みのるがもう一度謝ると、真鈴は大仰なため息をついた。

「こういうのばっかり。謝らなくていい人ばっかり謝ってくれて、本当に謝ってほしい人は全然そういうことしてくれない。なんで世界ってこうなのかな」

「そ、それはわかんないけど……」

「ひとりごと。気にしなくていいから」

　ようやくスピーチが終わり、真鈴とみのるの会話は、拍手にのまれて終了した。

長い話をしていた眼鏡のおじさんは、ホールの外に繋《つな》がる扉に手を差し伸べ。

「おまたせしました！　それではどうぞ！」

促されるまま中に入ってきたのは、中田正義だった。

「えっ？　えっえっ、ええっ？」

「どうしたの。今度はアシカの真似？」

あれ、あれ、とみのるは指さすことしかできなかった。

『こんにちは。シンガーさんの代打の中田です。普段は守備をしてます。特技は凡打です。精一杯頑張ります』

中田正義の挨拶で、再び会場が沸いた。代打も守備も凡打もよくわからなかったが、ともかくこれから中田正義は何かをするようで、眼鏡のおじさんからマイクを受け取り、ピアニストと打ち合わせをしていた。

まだみのるに気づいた様子はない。

何をするのだろうと思っているうち、ピアニストは中田正義と目くばせをかわし、次の瞬間思い切り手を振り上げ、指を鍵盤に打ち下ろした。

始まったのは音の洪水だった。

中田正義は口元にマイクを携《たずさ》え、ジャケットの胸ボタンを外した。

歌が始まった。英語の曲である。

最初は重苦しいムードだった曲は、数秒で明るいメロディに変わった。ぽんぽんと体が弾むような、リズミカルで明るい旋律。

みのるのすぐ隣で、真鈴が呟いた。

「マリリン・モンロー」

「え？」

「『ダイヤモンドは女の子のベストフレンド』って歌……でも歌詞が違う」

中田正義は歌いながら、マイクを左右の手に持ち替えたり、おどけた仕草を見せたり、ちょっとステップを踏んで踊ってみせたりしていた。それでいて音を外さない。

何小節か歌うと、中田正義は宝飾品会社の看板を指さして、会社の名前を叫んだ。四つの看板を順繰りに、一つ一つ、違うポーズで、その都度格好よく。そのたびその社員たちが手を叩いた。これほんとに代打なんですかと、誰かが隣の人に尋ねる声が聞こえた。

みのるはただ、口を開けていることしかできなかったが、真鈴は違った。

「わかった。これ全部『ガール』じゃなくて、『ガイ』になってる」

「ど、どういうこと」

「女の歌じゃなくなってる。どっちかっていうと男の歌」

ダイアモンズ、ダイアモンズと中田正義は流暢《りゅうちょう》な発音で繰り返していた。みのるの隣の男の人が、英語がよくわからない女の人に訳してあげている。

若くてかっこいいうちはいいけど、歳《とし》を取ると友達は去ってゆく。

お近づきになりたいって言ってくれる人がいても、ノーと言わなきゃいけない時もある。

でもそういう時にも、ダイヤモンドは形を変えずに傍《そば》にいてくれる。

ダイヤモンドはベスト・フレンド。ダイヤモンドはベスト・フレンド。

ポリコレに配慮してるなあ、という男性のつぶやきの意味は、みのるにはわからなかったが、中田正義が魅惑の魔法を振りまいていることはわかった。フロアの全員の視線をくぎ付けにしたまま、歌い踊りながら壇上を行ったり来たりし、次々に魔法を重ね掛けしてゆく。目の前で金色の花火が何発も立て続けに炸裂《さくれつ》するような時間だった。

歌が二番に差し掛かったところで、ようやく、中田正義はみのるに気づいたようだった。大きく目を開いた中田正義は、太陽のように微笑み、みのるに優しく手を差し伸べた。

たった一人、他の誰でもない、みのるに向けて。

君のために歌うよと言われた気がして、みのるは嬉しくなった。

「あれだよ、志岐さん。僕の親戚の人、中田さんっていって……志岐さん？」

隣を見ると、志岐真鈴は硬直していた。

目は大きく見開かれ、胸の前で手はわななき、ただぼうっと、壇上の中田正義を目で追っている。

「志岐さん？　どうしたの」

「黙って。歌の邪魔」

　ぴしゃりと言いつけられ、みのるは口をつぐんだ。歌は佳境に差し掛かり、中田正義は壇上を大股《おおまた》で歩き回った。

　ダイアモンズ・アー・ア・ガイズ・ベスト・フレンズ、という最後の一行を、余韻《よいん》たっぷりに歌い上げると、中田正義は直角に腰を曲げて頭を下げた。場は大盛り上がりになり、拍手がやまない。中田正義は何度も何度もお辞儀を繰り返した。すかさず戻ってきた眼鏡のおじさんが、中田正義の肩を抱こうとする。

「ええ、では中田さん、よろしければもう一曲」

「申し訳ないですけど、今日はこれでお暇《いとま》させていただきます。それじゃあ皆さん、次はドバイでお会いしましょう」

　最後にもう一度、冗談を飛ばすと、酔っ払いだらけのフロアはわっと沸いた。

　その瞬間、みのるは真隣から強い衝撃を受けた。誰かがみのるの肩をつかんで、強く引き寄せている。鬼気迫る顔の真鈴だった。

「ど、どうしたの志岐さん」

「あの人誰。あの、人は、誰？」

「えっ？　だから、中田さん……」

「下の名前は」

「正義……」

「あなたの何」

「親戚の人……」

「親戚っていったっていろいろあるでしょ。いとこ？　おじさん？　大おじさん？」

「わ、わからない……」

「わからないって何!?　はっきりして！」

「ご、ごめん……」

「みのるくん」

途端、志岐真鈴がぴゃあっと叫んで手を離した。みのるの前に中田正義がいて、汗をぬぐっていた。周囲の人々から声をかけられ続けているが、みのるにしか関心がないようで、ただ笑っていなしている。

「待たせちゃってごめん。六階にいたんだね。いっぱい食べられた？」

「は、はい。いっぱい食べました」

「よかった。そっちの子は……？」

「志岐真鈴と言います。T3《ティースリー》プロダクション所属、十三歳です。よろしくお願いします」

びしりとお辞儀をした真鈴に、中田正義は戸惑っていた。みのるは補足した。

「中学の、隣のクラスの子で、モデルさんで、さっき一緒にから揚げを食べました」

「食べてないし！　私はパセリだけだったし！」

「そっかそっか、みのるくんの友達なんだ」

中田正義は嬉しそうにはにかみ、志岐真鈴に手を差し出した。志岐真鈴は死んでしまいそうな顔で中田の手をとり、柔らかく握った。

「中田正義です。みのるくんの親族です。よろしくお願いします」

「……はい！」

志岐真鈴は別人のように子どもっぽい声と顔で、嬉しそうに頷いた。

その後みのるは、人の群れに囲まれそうになる中田正義と共に、エレベーターホールに脱出し、青い車まで逃げるように走った。中田正義は苦笑し、お菓子をたくさん買って帰りたかったのになあと呟いた。買って帰ればいいのではとみのるが言うと、もう次の仕事の案件まであまり時間がないからダメとのことだった。

中田正義は多忙で、多彩な人間だった。

みのるは自分が歌って踊ったような気持ちのまま、中田正義に笑った。

「中田さん、歌、とっても上手でした」

「楽しんでくれた？」

「はい！」

「じゃあよかった」

「中田さん、何でもできるんですね。すごいです」

「いや、逆だよ」

「え？」

中田正義は大きな車を軽やかに動かし、首都高に向かいながら喋った。車の中にはティッシュやジュースがあり、ルームミラーの下には、どこの国のものともつかない、ちょっと怖い伝統工芸品風のお面の飾りと、二匹の犬のマスコットがぶらさがっている。

「俺の友達が……すっごく大事な相手が、もう、何でもできる人でさ」

「……中田さんより？」

「俺なんか足元にも及ばない」

中田正義の声は大真面目だった。みのるの今までの人生で出会った人の中で、中田正義は間違いなく、一番『何でもできる人』だった。それが足元にも及ばないのだとしたら、それはもう、想像もつかなかったし、神さまか何かと思うしかなかった。

中田正義は言葉を続けた。

「だからそいつは毎日、いつでも、どこでも、誰より一番注目されちゃうんだ。何となくわかると思うけど」

「……はい」

「そういうのがしんどそうでさ、はじめのうちは、誰の目も届かないところにあいつを連れて行けたら解決するのかと思って、スイスの山小屋の値段とか調べてたけど、そうじゃないことに気づいたんだ」

　青い車は軽快に週末の銀座を走っていた。中田正義は運転しながら喋っていた。眼差しはただ前だけを見つめている。みのるが聞いているかどうかは、あまり気にしていないようだった。

「考え方を変えたんだ。あいつより、俺のほうが注目されたらいい」

「……どういうことですか？」

「囮《おとり》作戦ってこと。他には目が行かないような、派手だったり賑やかだったりするものが近くにあれば、いつもいつもあいつにばっかり注目がいかなくなる。だから、頑張ったよ。この三年くらいで、歌は相当うまくなったと思う。スピーチも練習した。表情の作り方も。服の選び方も。身のこなしも。他にもいろいろ隠し芸があるよ。手品とかダンスとか。そのうち見せるね」

「…………」

「あっ……何か………ごめんね。こんな親戚の人がいたら、ちょっと恥ずかしいよね」

「そんなことないです！」

　みのるはただ、志岐真鈴のことを考えていた。

　毎日、いつでも、どこでも、誰より一番注目されてしまう子で。

『自分は動物園の動物ではない』と、はっきりみのるに告げた。

もしみのるが、真鈴の友達で、真鈴のことを助けてあげたいと強く願っていたら、もしかしたら同じことをするかもしれないと、みのるは思った。やろうと思ってできることかどうかはわからなかったが、そのくらいのことは目指すかもしれない。

中田正義の友達は、きっと志岐真鈴の気持ちがわかってしまうのだろうなと。

みのるは見も知らない中田正義の友達の姿を、なんとなく真鈴と並べて考えた。

「……中田さんのお友達の人は……ダイヤモンドみたいな人なんですね」

「ああ、ガイズのベスト・フレンドだね」

中田正義は笑い、またあの曲のフレーズを口ずさんだ。なんでもシンガーさんが激辛チヨリソーの食べ過ぎで搬送《はんそう》されたというのは本当で、中田正義が展示会に到着してすぐの、不幸な出来事であったそうだった。歌なしのピアノコンサートのみでお茶を濁そうとしたところ、英語の長電話で中田正義を呼び出した主催者が、何とかなりませんかと拝み倒してきて、代打になったのだと。

「びっくりしたけど、恩のある人だし、今回も俺だけで我慢してもらったから……そのうちおもしろ人間枠で呼ばれそうな気がするなあ」

「中田さんの会社は、宝石に関係したお仕事をしてるんですか」

「うん。宝石を商う人たちの会社だよ。宝石商って言えばいいかな。俺も友達も、同じところに勤めてる」

　宝石商。初めて耳にする響きの仕事だった。警察官やパン屋さんなどとは違って、どうやってなるのかもわからない。ほうせきしょう、ほうせきしょうと繰り返していると、中田正義は嬉しそうに笑った。

「毎日会社に出勤するビジネスマンとはちょっと雇われ方が違うけど、楽しんでるよ」

「それは、お友達と一緒だからですか」

「それもかなりある。でも仕事そのものも楽しい」

　みのるはふっと、白いチュールのドレス姿の誰かを思い出した。『仕事』という言葉で自分自身を叱咤激励《しったげきれい》しているような、力強い女の子を。

　石はずっときれい。『若くて』が抜けたらはい次、という真鈴の言葉を思い出し、みのるは少し、苦い気持ちになった。

「みのるくん？」

「あっ、いえ……その……中田さんの友達の人は、ダイヤみたいだから……きっと若くなくなっても、ちゃんと需要がある人なんだろうなって」

「『若くなっても』？　『需要』？」

　中田正義はすかさず問い返してきた。みのるはあたふたとし、自分が失礼なことを言ってしまったことに気づいたが、口から出た言葉は戻らなかった。

みのるは心の中で真鈴に詫《わ》びながら、彼女が自分に告げた言葉をそのまま繰り返した。モデルの業界には可愛い女の子もきれいな女の子も山のようにいて、若さがなくなってしまったら次のモデルが引っ張り出される。

そうならないためには、若さや見かけに影響されない魅力が必要で。

それはまるで、宝石になるようなことなのだ、と。

中田正義は黙ってみのるの話を聞き、最後まで聞き終わると、小さくため息をついた。うんざりしているようには聞こえなかった。ただ少し、つらそうな吐息だった。

「……みのるくんの友達はすごいんだな。俺なんか中学の時、そんなこと考えたこともなかったよ」

「ぼ、僕も考えたことなかったです」

そもそも『若さ』という言葉の意味を、みのるはそれほど大事なものだと思ったことがなかった。どちらかというとそれは『幼さ』に近い概念で、手放しでよいものとも思えない。もちろん小学生の時には電車やバスがこども料金で乗れたので、経済的に助かる面もないではなかったが、まるで社会から『半人前』とおおっぴらに言われているようで、自分にはお母さんを助ける十分な力がないことも含めて、みのるには歯がゆいことだった。

早く大人になりたかった。働けるようになって、お金を稼ぎたかった。

でも仮に、今すぐ成人の年齢になれたとして、今現在の真鈴ほどしっかりした人間になれるのだろうか？　みのるは考えた。十三歳でモデルをしていて、宝石に、歳を取っても人から求められる存在になりたいと考え、努力している真鈴のように？

なれる自信は、まるでなかった。そもそも自分は宝石どころか石ころである。

ずんと気分が落ち込んだみのるの横で、中田正義は前を向きながら喋った。

「確かに、世界にはいろんな仕事があるよ。子ども服のモデルが大人には務まらないのと同じで、職業によっていろんな年齢の人が必要とされることは、俺もわかる。でもそれは、絶対的なものじゃない」

「絶対的？」

「唯一無二の尺度じゃないってこと。あー、難しいよな。『絶対に若くなきゃダメ！』とか、『絶対にこうでなきゃダメ！』なんてルールは、この世界のどこにもないってこと。視野が広がれば広がるほど、つまり、大きな世界が目に入るようになればなるほど、そういうことはわかりやすくなると思う」

全部ではないものの、言っていることはみのるにもわかった。『絶対に若くなきゃダメ！』が鉄のルールであるならば、長い間会社にお勤めしている人なんかどこにもいなくて、みんな新入社員ばかりになってしまうはずである。真鈴のいる世界が、わりあい『みんな新入社員』であることが求められている業界であるとしても、赤い口紅の社長さんはそれほど若くなかった。そういう人もちゃんと求められていて、大切な仕事をしていた。

みのるが考える時間を待つように、中田正義はしばらく黙ってから口を開いた。

「みのるくんの友達は本当にすごいと思うよ。そういうことを言うってことは、小さなルールの外の、大きな世界で勝負したいと思ってるってことだと思うから」

「それは、すごいことなんですか」

「うん、すごい。簡単なことじゃないから」

みのるはごくりとつばをのんだ。真鈴はみのると同い年なのに、おしゃれで、髪の毛がストパーをかけたみたいにサラサラで、そして努力家だった。毎朝一人、教室でノートを写しては、教科書を熟読している。近くで誰かが自分の悪口を言っていても聞き流してしまう。

自分にはそんなことはできないと、みのるは身震いするような気持ちになった。

心の中によほど大きな、強い決意がなければ、そんなことはとても。

「…………」

「勝手な俺の意見だけど、みのるくんの友達はもう、宝石みたいな人だと思うな。心が宝石みたいに強い」

「宝石は強いんですか」

「強いよ。身に着けた時に発生する日常的な衝撃や、クラフトマンの加工に耐える石しか、原則として『宝石』とは呼ばれないから。そうそう、『ダイヤモンドは世界で一番硬い石』って言われてるの、知ってる？　業務用の研磨機、物をツルツルピカピカに削って磨く機械の砥石《といし》にも、ダイヤモンドの粉が使われていたりするよ。まあ……その……思いっきり壁に投げたりすると、砕けることもあるんだけど……世の中そんなことをするバカばっかりじゃないし……」

中田正義は何故か歯切れ悪く喋った。みのるが怪訝な顔をすると、何でもないと恥ずかしそうに笑う。

みのるはふと、中田正義の大切な友達だという人が、とてもうらやましくなった。

「……じゃあ、中田さんの友達も、強いんですね」

「強い」

「すごく強いんですね」

「すーごく強い。タフさの塊みたいなやつだよ」

「ダイヤモンドより？」

「……そうだなあ」

中田正義は笑い、楽しそうに微笑みながら考え込んだ。しばらく黙ったあとに頷き、みのるのほうをちらりと見た。

「俺の友達は、ダイヤモンドっていうより星だよ。星みたいな人」

「星」

「そう。シャイニング・スター」

中田正義は横文字の発音で告げた。英語が苦手でも、シャイニング・スターの意味はみのるにもわかった。輝く星。きらきら輝く夜空の光。太陽ではなく、月でもなく、星。

それがどんな意味なのか、みのるには今一つわからなかったが、中田正義がその友達をかけがえのない相手だと思っていることだけは、静かに伝わってきた。

「友達……中田さん、大切なんですね」

「うん。大好きだからね」

「あの、僕も……学校で、『スーパー親友』ができたんです」

「スーパー親友？　すっごい親友ってこと？」

「だと思います。あの、相手が僕のこと、そう言ってくれてて」

「えっそれは、かなり嬉しい感じと思っていいのかな」

「かなり嬉しい感じです」

「やったなあ！　スーパー親友か。そうかあ、そうかあ」

「はい」

中田正義はとびっきり嬉しそうに笑い、そのスーパー親友にまつわることを聞きたがった。最初はケンカをした相手だったと話すと少し驚いたが、そのあとのいきさつも含めて話すと、中田正義はまた嬉しそうに笑い、ちょっと泣きそうになって、みのるは慌てた。

「中田さん、大丈夫ですか。なにか僕、間違えましたか」

「違うよ。嬉しいんだよ。みのるくんに友達がいることが……なんか俺、自分に友達ができるより嬉しいかもしれない……ごめん。わりと涙もろいんだ」

中田正義はやっぱりいい人であるようだった。親戚の子どもに友達ができただけで、普通大人は泣かない気がした。それでも泣きそうになるのは、やっぱりみのるのことを大切に思ってくれているからだろうと。

そうしてしばらく学校の話になったあと、中田正義は今度ぜひ、そのスーパー親友をマンションに遊びに連れて来るといいと言った。

「えっ、いいんですか」

「当たり前だよ。みのるくんの家だし。そうか、この前俺の親戚みたいな人の家だったたって話をしちゃったから……ごめん、気を遣わせてたね。そのあたりのことはもう、全部話がついてるから、何の問題もないよ。部屋の中でペンキをぶちまけたとしても、俺が何とかする」

「そ、そんなこと」

「わかってる。みのるくんはそんなことしないって。もののたとえだよ」

「はあ……」

「好きなおかずとか、お菓子とか言っておいてよ。俺準備するから。あっ、でも家の人がいると嫌なものかな。そうだよな……俺も中学の時、友達の家に遊びに行って、家族の人がいるとちょっと緊張したし……」

中田正義はいろいろなことを考えて、結局『ピザをとる』という方向で納得したようだった。良太を家に呼ぶ時には、中田正義は外出し、かつ二人で食べるピザのビラをテーブルに置いておく。いたれりつくせりすぎる気がした。

お母さんと二人であの家で暮らしている時には、全くありえなかった世界の話だった。

みのるはふと、お母さんのことを考え、みぞおちのあたりを激しく握りつぶされたような気がした。お母さんは病院で苦しんでいるのに、自分だけ中田正義に連れられて、東京の銀座なんかにやってきて、挙句友達とピザを食べて遊ぶ計画を立てたりしている。とんでもない罰当《ばち》たりの息子。

みのるが急に落ち込むと、中田正義は笑顔を引っ込め、温和な微笑みを浮かべた。この人はひょっとしたら本当に、自分の心が読めるのかもしれないと、みのるは少し怖くなった。ほんの少しだけだった。その何倍も、心が通じ合っていることを喜んでいる自分がいるのが不思議だった。

「大丈夫」

「…………」

「ゆらさんはきっとよくなる。まだ面会には行けないけど、そのうち許可が下りるって、精神保健福祉士の人が言ってくれたから、そうしたら一緒にお見舞いに行こう」

「…………はい」

「ゆらさんは何が好きなのかな。食べ物の差し入れも、大量じゃなければ問題ないらしいんだ。好きなフルーツがあったら教えてほしい」

「ぶどうが好きです。バナナは苦手で、あと、梨と、りんごと、みかんと……さくらんぼと…………」

考えながら、みのるは泣きたくなった。さくらんぼやみかんを最後にお母さんと一緒に食べたのは、小学生になったばかりの時で、そのあとはもうずっと、毎日決まりきったものばかり食べている記憶しかなかった。何かの食べ物を『好き』と思うこともあまりなかった。食べるものはただ『ある』か『ない』かの二択だった。

みのるが黙り込むと、中田正義は片手をハンドルから離し、くしゃくしゃとみのるの頭を撫《な》でた。優しく、そっと、壊れやすいものを包むように。

「大丈夫」

「…………」

「きっとよくなる。ちゃんと戻ってくるよ。それまでは悪いけど、俺で我慢してほしい」

「…………中田さんで、我慢するって、すごく、ぜいたくな言い方だと思います」

「そうかな。でも俺はどう頑張っても、みのるくんのお母さんの代わりにはなれないから。

誰だってそうだと思うけど、大切な人の『代わり』なんていないから」

それはみのるにもわかった。夢のような話ではあるものの、仮に世界で一番の美女や、世界で一番の天才が自分の傍に来て、無条件に大好きよなどと言ってくれたとしても、何も言わずに家の中で寝ているお母さんのほうがずっとよかった。代わりなどどこにもいない。

そこでみのるはふと、何かを見つけた気がした。

真鈴が言っていたこと——宝石になりたいということは、奇妙なことなのかもしれないと。何故ならきっと、真鈴もまた、彼女のお父さんやお母さんにとってはかけがえのない『宝石』なのだろうから——。

「どうかした?」

みのるは少し黙ってから、中田正義に切り出した。

「あの……人と宝石は、ちょっと似てるなって」

「本当? すごいな。それ、俺の友達が、俺と会ったばっかりの時に教えてくれたことだよ。そんなふうに話して教えてくれたわけじゃないんだけど、俺はあいつから、そういうことを教わったと思ってる」

ハテナマークを顔に浮かべているみのるに、中田正義は苦笑し、またごめんと謝ってくれた。

「みんな誰かの宝石なんだよ。英語の『ジュエル』には、そのものずばりで『大切な人』『大切なもの』って意味もある。でもそれを知らない人もいる。英語の意味じゃなくて、自分が誰かのジュエルだってことをね」

「……………」

　みのるはしばらく黙って、考えたあと、頷いた。心に決めたことがあった。

「……喜んでくれるかどうか、わからないですけど、お母さんに次に会ったら、すごく……すごく大切だってこと、ちゃんと伝えようと思います。宝石みたいに、大切なんだよって……喜んでくれるか、本当にわからないですけど……」

「喜んでくれるよ」

「……………」

「ゆらさんはきっと喜んでくれるよ。俺はそう信じる」

　中田正義の声は強かった。誰にも反論は許さないと宣言するような、まっすぐに伸びた木のような強靭《きょうじん》さに満ちていた。

　みのるはそれが嬉しかった。

　シートベルトを締めたまま、みのるは少しだけ体を前傾させ、お辞儀をした。

「ありがとうございます。中田さんは、すごい人です」

「…………ごめんみのるくん、俺ちょっと泣きそう。『ありがとう』は俺の台詞《せりふ》だよ」

中田正義はダッシュボードを開けてティッシュを取り出し、びーっとはなをかんだあと、また何事もなかったように両手でハンドルをつかみ、静かな運転に戻った。

ラジオをかけて首都高を走る間、みのるはずっと、この人の運転する車の助手席に座っていられたらいいのにと夢を見た。


あくる月曜日、みのるはどきどきしながら学校へ向かった。一昨日《おととい》銀座に行ったんだと、良太に早く話したかった。とはいえどんなふうに話せばいいのかわからなかったし、あまり大げさに話して自慢話みたいに思われるのも嫌だった。興味を持ってもらえるかどうかもわからない。楽しみ半分、不安半分だった。

「おはよーみのる。土日どうだった？」

「ええと、一回出かけた」

みのるより少し早く来ていた良太は、おどけた仕草で両手を挙げた。

「俺も俺も。ズーラシア行っちゃった。そっちはどこ行った？」

「それが、東京の……」

「ちょっといい？」

と。

凛とした声は教室の外から聞こえた。良太がぎょええと叫ぶ。なんだろう、とみのるは振り返り、息をのんだ。

三組の教室の中に、志岐真鈴の姿があった。

腰までの黒髪をなびかせ、三白眼に垂れ眼の美少女が、二人の目の前に立っている。

「霧江くんに話があるんだけど」

「みのるに話が！　はい！　はいどうぞ！　おらっみのる！　気合入れて話せよ！」

「…………」

みのるは無理矢理、良太によって志岐真鈴の目の前に差し出された。クラス中どころか、廊下にも見物客がいて、全ての瞳がみのるを見ている。正確にはみのるの前にやってきた志岐真鈴を。

淡々と、女王のように、志岐真鈴は喋った。

「携帯の番号、教えてくれる？　あとメールアドレス。メッセージアプリのＩＤも」

「……な、なんで」

「知りたいから」

「俺の！　俺の番号とＩＤも教えますから！　今メモしますね！」

「遠慮します。そっちは別にいらないので」

「あうっ」

うちのめされたリアクションをし、良太が大げさに机に突っ伏しても、真鈴はクールに無視していた。ただみのるの情報だけを待っている。小さな上履《うわば》きが気まぐれにたしたしと踏み鳴らされる。みのるは慌てた。ノートを一枚破り、シャープペンシルを取り出す。

「何してるの。スマホでそのまま送ればいいでしょ」

「た、確かに」

みのるは今までの人生の中で一番慌てて、目の前の相手とメッセージアプリのＩＤ交換をし、電話番号も教えた。ほとんど使っていないメールアドレスも教えた。

志岐真鈴はてきぱきと、全ての情報が間違っていないことを確認したあと、にっこりと微笑んだ。まるっきりよそ行きの、親しみやすさのかけらもない顔で。

「どうもありがとうございます」

そしてぐっと、みのるのほうに一歩踏み出し、耳元で低く囁《ささや》いた。

「あの人、今度紹介して」

「えっ」

「あの人。あの人だってば！」

「……中田正義？」

「『さん』をつけなさいよ『さん』を」

みのるはがくがくと頷き、志岐真鈴はそれで満足したようだった。

「それじゃあ」

そうして身をひるがえし、志岐真鈴は廊下に向かった。大観衆になっていた人の群れが、彼女が歩くとひとりでに割れてゆく。

教室を出るか出ないかのところで、志岐真鈴はきっと振り返り、髪とスカートをひるがえし、びしりとみのるを指さした。

そして宣言した。

「今日から私も『スーパー親友』だから。よろしく」

ぽかんとしているみのるの前から、今度こそ志岐真鈴は夢のように姿を消した。

「お前、マジで土日に何してたの⁉」

慌てふためく良太の声が、みのるにはどこか遠くから聞こえていた。

その日一日、みのるは困惑しつつ、それでも何となくいい気分で過ごした。今までは英語の時間は苦痛でしかなかったが、中田正義が英語で歌って踊っていたところを思い出すとうきうきした気持ちになれた。勉強するとあんなに楽しそうに英語を使えるのかもしれないと。今はまだ遠い夢であるとしても、いつかは。

それにしても意味不明なのは、志岐真鈴の『紹介して』という言葉だった。中田正義との自己紹介ならもう済んでいるのに、もう一回紹介して一体何になるのか。

「……仕事の関係なのかな……」

その後の弁当の時間も掃除の時間も、良太はずっと志岐真鈴とみのるの関係を問いただしたが、みのるはうまく答えられなかった。クラス全員の耳があからさまに自分の声に集中しているせいもあった。

「なんか、いろいろあってさ」

「いろいろって何だよ！　何なんだよぉ、もー！」

咆哮《ほうこう》する良太と共に笑いながら、みのるはその日を楽しく過ごし、マンションに戻った。

その途中で一度コンビニに寄った。

朝飲んでいる牛乳がなくなってしまったのだが、今日はスーパーに行く暇がないと、中田正義が言っていたのを思い出したからだった。

スーパーより量販店より割高なコンビニで牛乳を買うなんて、以前のみのるであれば考えられないことだったが、中田正義は「そういうことは全部気にしなくていい」と最初に言ってくれて、みのるも少しずつそれに慣れていた。何より中田正義が不便な生活をするくらいなら、多少自分のおこづかいが減ったほうがまだよかった。

青い看板のコンビニに入る前に、みのるはふと気づいた。

駐車場に、きらきら光る大きな青い車が停まっている。銀色の翼のエンブレム。

中田正義の車だった。

彼も牛乳を買いに来たのだろうかと思いながら、駐車場の様子をうかがうと、スーツ姿の中田正義が、みのるに背を向けて立っていた。いつもの中田正義より多少姿勢が悪くて、髪の毛もちょっと乱れていて、みのるは見知らぬ人を見たような気持ちになった。

中田正義は電話をしていた。

「うん……でもやっぱり……まだ心配だから」

今度の通話は日本語だった。

声をかけようかかけまいか、迷いながら立ち尽くしているうち、会話は思わぬ方向へ転がっていった。

「みのるくんは元気だよ。すごくいい子で……うん……本当にいい子で……」

中田正義はみのるの話をしていた。

心臓がばくばくするのを感じながら、みのるはその場で耳を澄ました。中田正義は言いにくそうに口ごもりながら、それでもはっきりと言った。

「いや、まだ言えてない。言えてないんだよ……ああ……だって俺みたいに歳の離れたお兄さんがいたら、ショックだろ。いくらみのるくんがしっかりしてるっていっても……」

がんと。

頭をトンカチで殴られたような気がした。

気づいた時には、みのるは回れ右をしていた。走った。走って逃げた。

中田正義が、みのるの、何だって？

歳の離れた兄？

遠縁の親戚ではなく、兄？

一体どういうことなのか、わけがわからないまま、みのるは走り出した。走ればコンビニの駐車場に、全ての情報を置き去りにして逃げ切れるような気がした。もちろんそんなのは気のせいだった。

お兄さん。

兄。

耳の奥で中田正義の声を反響させながら、みのるは呆然《ぼうぜん》と走り続けた。

case.4

少年と螺鈿細工と真実

その日の朝、みのるはいつもより三十分も早くマンションを出てしまった。朝ごはんもそこそこに、自習をしたいのでと中田正義《なかたせいぎ》に告げて。

それ以上何も言わなくても、中田正義は追及しなかった。

あまり顔を見ることができなかった。

いつもと違い、ほとんど学生のいない学校への道を歩いていると、駅を通り過ぎたあたりで、みのるは車のクラクションを聞いた。ファンファンという音が、みのるを追いかけてくる。

振り向くと、黒いベンツが近づいてきて、後部座席のドアがばたんと開いた。

黒いショルダーバッグをわしづかみにした志岐真鈴《しきまりん》が、ぴょんと飛び出してくる。

「ママ、今日はここでいい。いってきます」

真鈴が運転席にそう告げると、真鈴と少し顔立ちの似た中年の女性が手を振って去っていった。真鈴はみのるの前で髪を整え、告げた。

「おはよう」

「……おはよう、志岐さん」

「元気ないね。っていうかすごく早くない？　どうかしたの」

「そっちこそ、こんな時間にどうしたの。まだ七時半だよ」

「私はいつもこの時間。休んだ分の授業のノート、前の日に友達から借りて、授業が始まるまでに全部写してるから」

「ああ……」

　そういえば真鈴は、いつも教室でノートを写していた。あれを毎日やっているらしい。みのるは驚いた。写すだけならともかく、理解して、授業の内容に追いつこうと思ったら、大変な作業になりそうだった。

「……苦労してるんだね」

「やりたくてやってることだから、いいの。モデルがしたいってお母さんに頼んだ時、条件を出されたんだ。『成績を落とさないこと』『学校をちゃんと卒業すること』。プロだったら仕事と学業、両方こなさないとね。学費の面まで迷惑かけられないから、学校は公立。私、なかなかきちんとしてるでしょ」

「でもこの前、自分は頭が悪いって」

「何言ってるの。頭が悪いのに努力もしなかったらジ・エンドだよ」

　理が通っているとみのるは思った。ただ今まで、自分のことを『頭が悪い』という友達は、どっちかというと『だから勉強しても無意味』という方向に話を持っていきたがる傾向があった。

　真鈴の『頭が悪い』は、そういう諦《あきら》めの言葉ではなく、単純に、現実を見据えて導き出した、乗り越えなければならないハードルを確かめる言葉であるようだった。

「……すごいね」

「何が」

「努力するって、まっすぐ言えるのが、すごいと思う」

「努力なんて人間が人間であるための最低限の条件でしょ。私の好きなアメリカのスーパーモデルが、そう言ってた」

人間が人間であるための条件。それがどんなものであるのかはよくわからなかったが、ともかく真鈴は格好よかった。学校まで歩いてゆく間、真鈴の髪からいいにおいがして、みのるは少しだけどきりとした。真鈴はみのるより背が高かった。

真鈴は笑った。

「それで、いつ中田さんに紹介してくれるの?」

「えっ」

「紹介」

真鈴ははっきりと繰り返した。みのるは焦った。今のみのると中田正義との関係は、他の誰かを間に挟めるほど、のんびりとしたものではない。

「…………しばらく、無理かも」

「中田さん、忙しいの?」

「うん、まあ」

「そうよね。あんなに仕事ができそうな人だもん。忙しいのが当たり前か」

頑張れ真鈴、と志岐真鈴はよくわからないひとりごとを言った。みのるが首をかしげると、つんとすました顔をする。

「君には関係ないからいいの」

「…………」

「本当に元気ないね。相談に乗ろうか？」

沈殿物のある試験管をぐらぐらと揺さぶった時のように、みのるの頭には、ぶわりと思いの塊《かたまり》が舞い上がった。

兄。

中田正義が。

歳《とし》の離れた兄弟。

いまだに半分くらいは、信じられない話だった。

「……何か……すごく、信じられないことが起こった時って……どうする？」

「何かあったんだ」

「…………」

「別に言わなくていいよ。そうだね、私なら好きな配信者の動画を見まくったり、インスタのどうでもいいストーリーを片っ端からチェックしたりするかな。まずは気分転換。それでまた考えて、とりあえずでもいいから、結論を出す。で、行動」

大人なやり方だとみのるは思った。気分転換をするところからすごすぎた。何をしても自分が頭を切り替えられるなどと、みのるには思えなかった。

みのるがため息をつくと、モデルの少女ははなをならした。

「あのね、何でも悩んでればいいってものじゃないよ。よく言うでしょ、『結論から話せ』って。まずは結論を見つけて行動するの。仮の結論でもいいから。そうすれば案外、何とかなるよ」

「…………」

「なんてね。この前会ったばっかりの女にこんなこと言われても、説得力ないか。じゃあ私、勉強するから」

学校の昇降口に入る前に、そう言って真鈴は駆けだした。三組と四組は靴ロッカーの位置が少し離れているので、一緒に歩くのはここまでだった。

みのるは声をあげた。

「志岐さん」

「何?」

私急いでるんだけど、とでも言わんばかりの眼差《まなざ》しに、みのるは苦笑した。

「ありがとう。でも……どうして話、聞いてくれたの。この前会ったばっかりの男に」

「そんなの、私が善人だからに決まってるよ。あと私たち、スーパー親友だし。一応」

にーっと、志岐真鈴は笑った。いつものすました顔ではなく、友達とプリクラを撮るような、くだけていて子どもっぽくて、親しみやすい笑顔だった。

元気出して、と言われた気がして、みのるは笑った。

「……本当にありがとう」

「どういたしまして。それにさ、『将を射んと欲すればまず馬を射よ』って言うし」

「しょうをい？　うま？」

「何でもない」

じゃあねー、と手の平をひらひらさせながら、真鈴は小走りに消えていった。

「…………」

結論。仮でもいいから、結論。そして行動。

みのるは真鈴のアドバイスをどうにか実行に移したかった。どうすればいいのかは、さっぱりわからないものの。

七時三十分から八時まで、みのるはただ椅子《いす》に座り、ぼんやりと考えていることしかできなかった。いつも通り八時過ぎには良太《りょうた》がやってきて、みのるに話しかけてくる。

「みのる。何か落ちこんでる？　どうしたんだよ」

「大丈夫」

「だいじょばないだろ、その顔はー。あ、わかった。腹壊したんだろ。俺もさあ、賞味期限が五年切れたチョコスナック、親に隠れて食べた時、ほんっとに死ぬかと思ってさあ」

「………」

いつものように良太は楽しく、賑やかだったが、みのるはうまく笑えなかった。

中田正義が、自分の。兄だと。

みのる自身消化できていないことを、他人に言えるはずがなかった。

あまり味のしない弁当を食べ、良太の言葉を上の空で聞き流していると、不意に誰かが肩を叩いた。いつも教室の端っこで、仲間同士とだけ喋《しゃべ》っている、中国人の林《リン》くんだった。

「キリエ。聞イテ」

「どうしたの」

そうして林くんは、みのるの前で中国語を滔々《とうとう》とまくしたてた。五月からは隔週で『国際理解』という授業が入り、簡単な中国語や韓国語を習ったり、自己紹介の練習をしたりするそうだったが、仮にその授業を受けていたとしてもまるで役に立たないであろう、土石流のような異国の言葉だった。

聞き取れた言葉は二つだけだった。ひとつは『イマガワ』。国際理解の授業を担当している先生の名前である。中国語と韓国語を両方話すことができるすごい先生だが、今はちょっと体調を崩して休んでいるはずだった。

そしてもうひとつは、『ナカタ』。

中田正義のことを指しているようだった。

「……国際理解の今川《いまがわ》先生の話をしてるの？　それとも中田さん？」

「你会再给ナカタ先生打电话吗？　我想谈谈我的学习」

「ご、ごめん、ほんとに全然わからない」

林くんはリアクションを見越していたように頷《うなず》き、これ、とメモを手渡した。三枚あって、一番上の一枚には、電話番号とおぼしき数字が書かれている。

「ダイジョーブッ！　電話番号。中田サン、中田サン」

「…………………」

みのるは残りの二枚の紙もめくったが、漢字の羅列《られつ》で、何が何だかわからなかった。それだけ渡せば中田正義にはおそらくわかるのだろうが、みのるは気まずい思いがした。ただの使い走りである。だが満面の笑みを浮かべる林くんに紙を突き返すこともできず、ともかくみのるはメモを受け取ってしまった。

マンションに帰宅したみのるは、朗《ほが》らかな笑顔の中田正義に出迎えられた。

「おかえり！　今日はどうだった？」

「……ふつう、でした」

「そっか」

みのるが何と答えても、中田正義は楽しそうに耳を傾けてくれた。うんと昔、元気だった頃のお母さんのことを思い出して、みのるは切なくなったりもしたが、今はまた別の意味で切なかった。

兄。

みのるがショックを受けるだろうから、まだ言わない。

でも、確かに自分がみのるの兄なのだと、中田正義自身は知っている。

みのるはお母さんの年齢が三十六歳で、みのるが初めての子どもであることを知っていた。二十七歳の中田正義が、お母さんのお腹《なか》から生まれることはありえない。であるならば。

お父さんがお母さんと結婚する前の子どもである。

みのるが五歳の時から、ずっと存在していない、『しめの』という苗字《みようじ》のお父さんを、みのると中田正義は共有しているはずだった。

でもそれならどうして『しめの』正義ではなく『中田』正義なのだろうという疑問はあった。子どもはお父さんの苗字を名乗るものである。夫婦別姓などの問題があることは授業で少し知っていたが、それとこれとはまた別の問題である気がした。

「みのるくん、何か心配事がある？」

「…………え？」

「何だかちょっと、悩んでるように見えるから」

「大丈夫です」

間髪《かんはつ》容《い》れず、みのるは返した。

まるっきり拒否しているような言い方になってしまった。

「だ、大丈夫です。本当に、大丈夫です」

みのるは慌《あわ》てて言葉を重ねたが、猶更《なおさら》相手を拒むような言葉になってしまった。事実、みのるはそれ以上何も言われたくなかった。

中田正義は少したじろいだあと、また優しく笑った。

「ごめん。立ち入りすぎた」

「…………大丈夫です」

「うん」

それから中田正義は、さっき焼いたばかりだというじゃがいもとチーズのオムレツを出してくれた。トルティーヤを食べようかと中田正義が言う時には、かならずこれが出てきた。温かくてしょっぱくて、ほんのり甘くて、みのるは大好きだった。コンビニで売っている『トルティーヤ』は、平べったいパンでくるんと巻いたサンドイッチのようなもので、みのるは一度も食べたことがなかったが、どっちかというと中田正義のトルティーヤのほうが、みのるにはおいしそうに見えた。

それでも今日はあまり、食べる気がしなかった。

ケーキのような三角形に切り分けてもらったトルティーヤを、半分に切ってもらい、みのるはそれをまた半分だけ食べた。

気まずい雰囲気の中、中田正義は思い出したように告げた。

「みのるくん、ゆらさんのこと、ある程度先が見えたよ」

みのるは顔を上げた。

「お母さん、帰ってくるんですか！」

「うん、でもそんなにすぐじゃない。入院の予定が大体決まって……やっぱり一、二カ月は、病院に滞在したほうがいいだろうって」

「……二カ月」

春が終わってしまう。

その間ずっと、みのるは中田正義と暮らすことになる。

昨日までならそれでもいいと思えた。中田正義はいい人だし、優しいし、面倒見もよいし、楽しい人で、踏み込みすぎてこないところもありがたかった。

でも大きな秘密がある。

兄だという。

お父さんのことを知っているかもしれない人である。

何かの事情でみのるとお母さんのもとを去らざるを得なかった、お父さんを。喉《のど》から手がでるほど、みのるは話を聞きたかった。しかし中田正義は話してくれない。みのるがショックを受けるといけないから。みのるが子どもだから。

耐えられそうになかった。

「みのるくん、大丈夫？　お腹痛い？」

「大丈夫です。そうだ、あの、この前志岐さんが、中田さんのこと『紹介して』って言ってました」

「紹介？」

よくわからないんですけど、とみのるは正直に話した。それからポケットにしまったままだった、林くんのメモを渡した。

「それから中国人の林くんが、中田さんに用があるみたいで、電話してほしいって……」

「ああ……」

中田正義はすらすらとメモに目を走らせ、低い声で呻《うめ》いた。

「国際理解の今川先生って人がお休みなんだね。それで日本語の補習の授業が全然進まなくて……うーん、いろいろ大変だな」

「そうです。そういうことを言ってました」

中田正義はぺらぺらとメモをめくって、中身を確認していた。

ほんの少し、疲れた色をにじませたあと、中田正義はにっこり笑った。

「わかった。できるだけ頑張る」

そう言って、力強い右腕が、おどけたガッツポーズを作ってみせた。

もしかして中田正義は、自分が想像している以上に忙しい人なのかもしれないと、みのるは気づいた。その忙しさの中で、みのるのことに精一杯時間を割いてくれているのかもしれなかった。だから今自分が中田正義にやっていることは、とても残酷《ざんこく》なことなのではないか——

一瞬、頭をよぎった予感をふりはらい、みのるは席を立った。

「ごちそうさまでした」

「もういいの。ヨーグルトムースもあるよ」

「大丈夫です。遊びに行ってきます」

「わかった。いってらっしゃい」

中田正義の声を背中で聞いて、みのるはマンションを飛び出した。

みのるは山手《やまて》の街を歩いた。最初は港の見える丘公園に向かってみたが、観光客が多すぎて、一人になりたい時には向かなかった。今度はあちらこちらにある洋館の庭に向かい、どこか空いているところで時間を潰そうとしたが——何しろ入場料はタダである——そこもまた人でごったがえしていた。そうかここは観光地なんだなと、みのるはどこか遠い空から下のほうを見下ろすような気持ちでいた。久しぶりに味わう浮遊感だった。

気づいた時には、足は歩き慣れた道を進んでいた。

霧江《きりえ》という表札のある、小さな家。

目の前にある無人の家が、みのるには今の自分自身のように思えた。

バケツを三つ積み重ねて、みのるは再びジャングル屋敷の庭に飛び込んだ。まだ日は沈んでいない。名刺入れを探すなら今しかなかった。だが気持ちは上の空で、果たして名刺入れを見つけたところで、何と言って中田正義に鍵を返せばいいのか見当もつかなかった。だんだん親しくなれたつもりになっていた相手が、まだ一枚仮面をかぶっていて、本当の顔なんか全然見せていなかったことを知ってしまったような気持ちで、単純に言うならショックだった。

「…………」

みのるは急に、何もする気が起きなくなり、大きな木の根元まで歩いてゆき、寝そべった。夕暮れに近づきつつある空は、ぼんやりと青色とピンク色がまじり合っている。夢のようにきれいだったが、みのるからは限りなく遠かった。

少し目を閉じたり、開いたりしているうちに、空はだんだん暗くなっていった。

自分がうとうとしていたことに気づいた時、みのるはもう一つ、気づいた。

すぐ傍《そば》に誰かが立っていた。

青みがかったグレーのスーツ。白いシャツ。不思議な模様のネクタイ。

「お困りですか」

「…………幽霊さん」

金髪碧眼《へきがん》の幽霊は、そっと胸元に手を携《たずさ》えて一礼した。踊りの所作のように優雅で、どことなく心遣いを感じさせる素振りだった。

「まだ昼なのに、いるんですね」

「じき夕暮れです。よろしければ中へ入りませんか」

「…………」

もう何もかも、どうでもいいような気がした。

みのるは特に何も考えず、立ち上がり、幽霊の後ろについて歩いた。いつもの入り口から屋敷の中に入る。驚いたことに、この前までは家具で埋まっていた廊下が、きれいに整備されていた。別の部屋へと続く扉が奥に見えている。

「こちらへ」

幽霊はしっかりとした足取りで、奥の扉の方角へみのるを導いた。

扉の先には細い通路が伸びていた。人が二人、並んで歩いたらそれでギリギリの幅の通路で、幽霊とお茶を飲んだ部屋の大きさから考えると、少し狭すぎるような気がした。

廊下は五メートルほど続き、また別の青い扉が現れた。

幽霊は扉を開けた。

「……わあ！」

広がっていたのは大広間だった。

雨戸が閉まっているので太陽の光は差さないものの、ランプの明かりで、部屋中が明るいオレンジ色に照らされている。

高い石造りの天井。つやつやした白と黒の石で、ツートンカラーに敷き詰められた床。ところどころに敷かれたワインレッドやグレーの絨毯《じゅうたん》。高そうな金の脚《あし》のソファ。涙の粒がいくつも連なったような形のシャンデリア。壁にかけられた絵画。ライオンの首の彫り物。天使の置物。突き当たりには二階に続く大理石の階段が、鉄の手すりと共に設置されている。

絵本の中の世界のようだった。

そして部屋の全部が、さっき掃除機をかけたようにぴかぴかで、きれいに整理整頓《せいとん》されていた。外側がまるっきり、アマゾンの奥地になっているとは思えない。

「…………ここが、ジャングル屋敷」

「そう呼ばれているようですね。私は『神立邸《かんだち》』とうかがっておりますが」

「かんだちてい？」

「その昔、ここは神立さんという方が暮らしていたお屋敷だったのです」

みのるは初めて会った日に、幽霊が語ってくれた話を思い出した。幽霊はこの屋敷にあるものを見極め、鑑定するために呼ばれたのだと。呼ばれたからには呼んだ人がいるはずだった。

「その、神立さんの持ち物を、あなたは鑑定するんですか」

「その通りです。まずは家の片づけから始めなければならなかったのですが、これが案外骨が折れました。まだ屋敷の西半分には、ほとんど手が付けられていません」

「西って、どっち側ですか」

「あなたのお家《うち》に近いほうです」

だから最初に幽霊と出会った部屋はあんなに汚れていたのかと納得したあと、みのるは驚いた。

「あのっ、僕の家のこと、知って……」

「それはもう幽霊ですので、何でも存じ上げております。というのは冗談として、隣のお家から出てくるところを見ていました」

「………勝手に入り込んで、すみませんでした」

「お気になさらず。そもそもあなたの家と、この屋敷との間には、浅からぬ関係がありますす」

「？」

「あなたの家とこの屋敷の間に、何故門《なぜ》があるのか不思議に思ったことはありませんでしたか？　何故あなたにも乗り越えられるほど、門の背丈が低いのかとは？」

言われてみれば、みのるの家とジャングル屋敷の境目は、背の低い柵を除けば限りなく曖昧だった。そもそもみのるの家の門と直結するような位置に、屋敷の裏門があるのも不思議といえば不思議である。

幽霊は穏やかに微笑《ほほえ》みながら、かつかつと足音を立てて歩いた。

「霧江さまのお宅の先代、あなたのおじいさまとおばあさまにあたる方々は、このお屋敷の管理人をつとめていたのです」

「管理人……？」

「お屋敷に住まう人たちの、いろいろな面倒を見て差し上げていたのですよ」

「召使いってことですか……？」

「古風な言いまわしになりますが、そのように表現することも可能かと」

みのるが生まれる頃には、おじいさんとおばあさんはもうこの世にいなかった。それまで家に住んでいた人たちがいなくなって寂しかった時に、お母さんはお父さんと出会って、みのるが生まれたという。多くはないものの、家に写真が存在するので、二人の顔くらいは知っていたが、屋敷とのつながりは知らなかった。

もし本当にそうなのだとしたら、何故お母さんは教えてくれなかったのか。

驚くみのるに、幽霊は言葉を重ねた。

「神立屋敷が無人になったのと、あなたのおじいさま、おばあさまにあたる方々がお亡くなりになったタイミングとは、驚くほどに重なっています。これは推測ですが、お二人がいなくなったことによって、神立屋敷の持ち主は、この家を引き払う決意をしたのではないかと」

「どうして……?」

「写真をご覧になりますか」

そう言って、幽霊はゆっくりと部屋の奥へと歩いた。幽霊の腰あたりまでの高さの、低い棚の上のスペースに、写真たてがいくつも並べられている。学校のノートのサイズより大きなものも、手の平サイズの小さなものも、丸いものも四角いものもごちゃごちゃと並んでいた。もとはカラー写真だったようだが、色が抜けて、ほとんど青と白の二色刷りになっていた。

その中に、みのるのおじいさんとおばあさんがいた。

遺影の写真よりも随分《ずいぶん》若い姿で。

おじいさんはネクタイのないスーツのような、ぱりっとした黒い服に革靴。おばあさんはドレスのような黒っぽい長そでのワンピースに、白いエプロン。クラシックな雰囲気の服装だったが、どちらも動きやすそうだった。

写真は雄弁に過去を語った。脚立に乗って庭仕事をしているおじいさんと、偉そうなひげをはやしたおじさんが、大きな庭にいる写真。料理をしているおばあさんの足元に、小さな女の子がまとわりついている写真。家族写真の端に写っているおじいさんとおばあさん。階段からなだれ落ちる長裾《すそ》のドレスを見せびらかす女性と、優雅にその裾を整えて笑うおばあさん。ジャングル屋敷の中で、みんなでクリスマスパーティをしている様子。大きなクリスマスツリーと、雪だるまの飾り。

「すばらしいフットマン、いえバトラー夫妻です。このような人材が家に一人でもいてくれたら、その屋敷は豊かに栄えることでしょう。逆に申し上げるなら、彼らのいない邸宅を、神立さまは維持する気が起こらなかったのではないかと」

「……おじいさんとおばあさんが死んじゃったから、このお屋敷は、ほったらかしにされたんですか？」

「神立さまは新しいお手伝いさんを雇う気になれなかったのでしょう。その後は東京のマンションに転居し、そのまま都内の施設でこの世を去りました」

「…………」

　みのるはジャングル屋敷、もとい神立邸に、人が住んでいるところを想像しようとした。写真のように大金持ちの一家が住んでいて、毎日ドレスを着て遊んだり、パーティをしたりしている。そしてお母さんとみのるも彼らのために働いたりしている。家と仕事場が近いなんて最高なので、お母さんは喜ぶんじゃないかと思った。そうすれば定期的に人と会うことになるから、お母さんの病気もそれほど悪くはならなかったような気がした。

でもそうはならなかった。

「……どうして神立さんは、僕とお母さんを捨てて行っちゃったんですか」

「失礼ですが、あなたはおいくつですか」

「十二歳です」

「では、その時にはまだお生まれになっていなかったはずです」

つまり神立さんが捨てていったのは、お母さん一人であるようだった。猶更ひどい気がした。

「……どうしてお母さんを連れて行ってくれなかったんだろう」

「これは推測ですが、あなたのお母さまは、おじいさまやおばあさま、ひいては神立さまと、あまり折り合いがよろしくなかったのでは」

「折り合い？」

「そんなに仲良しではなかった、ということです」

みのるは家の中の、二人の遺影の扱いについて考えた。目立つところには置かれていない。というか、二階の押し入れの二段目に仏壇があって、その中に置かれているだけなので、ゴミ袋をたくさん退《しりぞ》けなければ、今までは目にすることもできない位置にあった。お母さんは特に写真を飾るのが嫌いというわけではない。みのると自分の写っている写真は、昔固定電話が置かれていたという台座の上に飾られている。

ただそこに、おじいさんとおばあさんの写真を置くのは、嫌であるようだった。

みのるはふと、思い出した。

人にぺこぺこするのなんかまっぴら、と。

小学生の時、みのるの同級生のお母さんとトラブルを起こし、言い争いになり、とにかく謝罪を、と助言にやってきた担任の先生に、お母さんはそう吐き捨てたのだった。

召使いになんかなっちゃだめよ、王子さまになるのよ、と。

そういえばトラブルの原因は、学芸会の演劇で、みのるが一番いい役をもらえなかったことだった。王子さまの役をもらった友達が、みのるより成績が悪いとか、顔が可愛《かわい》くないとか、そういうことを言いふらして、お母さんは保護者会で孤立無援になり、みのるもクラスの中で浮いてしまった。

もしお母さんの心の中に、人にぺこぺこするのなんかまっぴらで、召使いになんかなっちゃだめ、という気持ちが強くあるのだとしたら、それには何か原因があるはずだった。その原因が、おじいさんとおばあさん――お母さんにとっては実の両親にあるのだとしたら、みのるはなんとなく腑《ふ》に落ちるような気がした。

「……………お母さん、寂しがりやなのに、頑固なところがあるから……あんまり友達、いないみたいなんです」

「左様でございますか」

みのるは少し嘘《うそ》をついた。『あんまり』どころか、みのるの知る限りお母さんには一人も友達がいなかった。児童相談所の福田《ふくだ》さんを嫌いつつ、完全にシャットアウトしてしまわなかったのは、珍しく何度も話に来てくれる相手が嬉《うれ》しいからだということくらい、みのるにもわかっていた。もうちょっと何とかならないのかと、中学生のみのるでも考えずにはいられないくらい、いろいろ不器用な人だった。

いい人、ではないかもしれない。付き合いやすい人、ではもっとない。

それでもみのるにとっては、たった一人のお母さんで、たった一人の家族だった。

突然銀色の風のように、中田正義という存在が現れるまでは。

「…………」

中田正義はみのるの兄だという。

黙り込んだみのるを、幽霊は黙って見守っていた。

非現実的に美しく整った世界の中で、みのるは自分だけが異物になったような気がした。

「今日は無口でいらっしゃいますね」

「……どうして僕に、そんなに丁寧に接してくれるんですか」

「おかしなことをおっしゃいます。あなたこそ、私を馬鹿《ばか》にせず、からかいもせず、丁寧に接してくださっているではありませんか」

そんなのは当たり前のことだった。そもそもみのるは十二歳で、幽霊は明らかに十歳以上年上に見えた。おまけに外国人である。そんな相手を馬鹿にしたりからかったりしたら、どんなことがあるかわかったものではなかった。おまけに自称幽霊である。単純に怖かった。

そして美しかった。

男の人でも、女の人でも、こんなにきれいな人を、みのるは今まで見たことがなかった。そして人であろうと、ものであろうと、こんなにきれいなものを粗末に扱うのは、何かが違う気がした。

みのるがまごまごしていると、幽霊は小さく肩をすくめた。

「お茶にしましょうか。キッチンもいくらか片づいておりますし、冷蔵庫にも備蓄があります。お菓子はいかがですか」

「……あのお茶……まだありますか？」

「『あのお茶』ですね」

ございますよ、と請け合って、幽霊は向かって左奥側の扉に消えていった。

みのるは一人、茶色い革張りのソファに腰掛けた。座ったところから埃《ほこり》が吹きあがってきたので、まだそんなに、完璧に掃除されているというわけでもなさそうだった。

見上げると、少しとがった石のドームの天頂に、シャンデリアをつるす鎖が突き刺さっていた。壁を支える柱と天井の境目には、ふっくらした赤ちゃんのような天使たちの彫像がついていて、明るい笑みを浮かべている。

ずっとここにいられたらいいのになと、みのるは夢を見た。

ずっとここにいて、宿題も勉強もせず、ただ幽霊と一緒にお茶を飲んだり、おしゃべりをしたりして過ごせたらいいなと。

それで死んでしまっても、楽しいかもしれない。

きっとお母さんの入院も、一カ月や二カ月では終わらない。退院したあとにも何度も入退院を繰り返したりして、もしかしたら、もしかしたら、そのまま死んでしまうかもしれない。

そうしたらみのるはひとりぼっちになる。

中田正義がいようといまいと、ひとりぼっちはひとりぼっちだった。

もしそんな悲しいことがあったら、みのるは生きていける自信がなかったし、そもそも生きていたくもなかった。

ぼんやりと天井を眺め、オレンジ色の光の中で躍《おど》る埃を見ていると、幽霊は大きな銀色のお盆に、ティーポットとティーカップを二つ、そして大皿にクッキーを乗せて戻ってきた。

「お待たせいたしました。しかし、こうしたことをするのは久しぶりです」

「……幽霊さんも、誰かの召使いだったんですか」

「あまりそういった経験はありません。しかしこのお茶なら、私はとても上手に淹《い》れることができますよ」

幽霊はローテーブルの上にお茶のセットを置き、みのると自分のカップにお茶を注いだ。猫のような格好でおすわりしているライオンの置物が支えている、赤い石でできたローテーブルだった。そしてソファには座らず、背もたれのない椅子を広間の壁際から一つ持ってきて、優雅に腰かけた。

クリーム色のお茶は相変わらず甘く、あたたかく、優しい味がした。お腹にお茶の重みが加わると、みのるはお腹が空《す》いていることに気づいた。今日はおやつのトルティーヤを少ししか食べていない。幽霊は笑って、みのるにクッキーの皿を差し出した。

四角形の二枚重ねのクッキーで、真ん中には女の子の横顔の浮き彫りがついている。間にはチョコレートが挟まっていた。

みのるはふと、思い出した。異人さんに連れられて行っちゃった女の子ではなく、志岐真鈴のことを。その言葉を。

とにかく何でもいいから結論を出して、行動。

結論とはつまり、自分の行動の源《みなもと》になる柱のことのようだった。

自分は今どうしたいのだろうとみのるは考えた。明日も良太や真鈴の顔が見られたら嬉しかったが、このまま中田正義と気まずい生活を続けていたら、学校生活もどうなるかわかったものではない。

それは嫌だった。

せっかく少し楽しくなった生活が、また暗くなってしまいそうで、嫌だった。

クッキーをゆっくり、一枚食べたあと、みのるは口を開いた。

「……最近、大切な人ができたんです。僕のことをすごく大事にしてくれる人で、何でもできて、すごくかっこいいんです。でも……」

でも、と言い淀《よど》んでから、みのるは何とか言葉を紡《つむ》いだ。

「その人には、僕に言えないことがあって……僕がショックを受けるといけないから……言ってもらえないことがあって……」

言いながら、みのるは自分が奇妙にねじれてゆくような気がした。中田正義は兄であるという。しかしその事実をみのるに話してくれない。それはみのるがショックを受けるといけないからだった。ただそれだけのことである。中田正義に感謝こそすれ、腹を立てるような筋合いはない気がした。

それでもみのるの腹の中では何かがおさまらず、ざわめいて、不穏な動きをしていた。

「……怒っちゃいけないんです。僕はもうずっと、あの人に助けてもらってるので、怒るのなんか、絶対に駄目なことです。それにもし、あの人に見捨てられたら、僕は……きっと、前に行ったのと同じ、あんまり好きじゃない施設に行くことになったり、すごく遠い県に引っ越すことになったりするから……何にも言えないんです」

「言って差し上げればよろしいでしょうに」

「ええ?」

「『何故隠していたの。悲しい』と、あなたの気持ちを素直に伝えればよいのでは?」

「そ…………そんなこと……」

そんな失礼なことができるはずはないと、みのるは言い返したかった。

だが幽霊は、南の海のように透き通った青い瞳で、じっとみのるを見つめていた。

「あなたの『大切な人』が、一体いかなる人物なのか皆目見当もつきませんが、その人が真実、あなたの信頼に値《あたい》する人間であるとするならば、素直な気持ちを伝えることに害があるとは思えません」

「どうして……?」

「真実を指摘されてうろたえるのは、ただの愚《おろ》か者の所業であるからです。裏を返すのであれば、その人が真実、あなたのことを考えているのなら、あなたを残酷に突き放すような真似はしない。決してしないでしょう。そのかわりに、あなたに悩みを抱えさせてしまったことを、申し訳なく思うかもしれません」

「…………」

みのるは幽霊の言葉に、あまり驚かなかった。そうだろうな、という気持ちがあった。ただ自分がそうと気づいていたことには、まるで気づかなかった。

中田正義はきっとみのるにまた『ごめん』と告げる気がした。間違いなく言いそうだった。少し困ったような、大人の笑顔で。

みのるは中田正義に、そんな思いをさせたくなかった。

「……僕は、駄目な子なんです」

「駄目な子？」

「中田さんは、優しいから、すっごく優しいから、何をしても許してくれるかもしれないんです。でも僕は、中田さんにがっかりしてほしくないんです。嫌な子だって思ってほしくないんです。すごくいい子だから……面倒を見てあげてよかったな、得したなって、本気で思ってもらえるような子でいたいんです」

「…………」

「……そういう人でいたいんです。そうじゃなかったら……中田さん、かわいそうです」

幽霊はしばらく黙り込んだあと、小さくため息をついた。なんだか笑われているようで、みのるは怖くなったが、幽霊は首を横に振った。金色の髪が細い金細工のようにしゃらしやらと揺れる。

「どうぞお許しください。失礼なことをいたしました」

「いえ、そんな……」

「しかしあなたは、感服するほど、筋金入りの『いい人』なのですね」

幽霊はそう告げ、みのるのことを何とも言いがたい表情で見ていた。同情されている気はしなかった、ただどこか、切なげな顔だった。

みのるは首を横に振った。とんでもなく見当違いな話だった。

「そんなことないです。全然、ないんです。本当にいい人なら、こんなことで悩んだりしないで、全部のことを気にしないで、生きていけるはずだから……中田さんみたいな人なら……気にしないで、ずっと笑ってると思うから」

「察するにあなたの大切な『中田さん』という方は、随分ええかっこしいなようですね」

「……ええかっこしい？」

「私の京都の知り合いが、何かにつけ格好をつけたがる手合いを、そのように呼称します」

京都に知り合いがいる幽霊を想像し、みのるは何だかおかしくなった。もちろん幽霊は幽霊ではない可能性のほうが高かったが、もしかしたら舞妓《まいこ》さんみたいな幽霊の知り合いがいて、霊的ネットワークでつながっているのかもしれない。想像すると楽しくて、みのるはちょっと笑った。幽霊も笑った。

「もしも彼が、テレビを見ながら犬を抱き、頭をがりがりひっかいて、パンツ一丁で『今日の夕飯はデリバリーでいいよな』と告げるような人であれば、あなたもそこまで気を張るようなことはなかったでしょうに」

「な、中田さん、そういうこと、しなさそうです……」

「しなさそうですか」

「絶対しなさそうです……」

「絶対ですか」

左様でございますか、と幽霊は頷き、何かを嚙《か》み締めるような顔をした。そしてすぐ、表情を真面目なものに切り替えた。

「子どもじみた大人……？」

「子どもじみた大人にも、困ったものですね」

「その人は格好をつけたいのですよ。あなたに『いい人』だと思ってほしいがために」

「………いい人ですけど……」

「本物よりずっと、いい人だと思ってほしいのです」

「……？」

中田正義が、みのるに向かって、格好をつける。

変な話だった。本当に格好いい人が、わざわざ格好をつける必要がどこにあるのか。

幽霊は少し表情を崩し、言い換えてくれた。

「ではこう表現しましょうか。『ちょっと無理をしている』と」

「…………あ」

「思い当たるところがありますか」

中田正義は忙しい人だった。車であっちこっちを行き来し、携帯電話を複数台持ち、カタカタと音をたててキーボードを叩きまくっているところからして、それはもう忙しい人であるはずだった。

にもかかわらず、みのるには毎日おいしいお弁当を作ってくれて、朝はフレンチトーストで、おやつにトルティーヤを焼いてくれる。

無理をしていない、とは思えなかった。

美貌《びぼう》の幽霊は微笑み、そっとローテーブルにカップを置き、長い足を組んだ。

「似たもの同士のようですね。あなたと、その大切な人とは」

「…………」

「しかし、無理をしたままでは、互いにあまり心地よくないのでは？」

できることならみのるは、中田正義に『無理をしないでほしい』と伝えたかった。でもそうしたら、中田正義からも同じように、みのるに無理をしないでという言葉が返ってくるかもしれなかった。

それは何を意味するのか。

考えてみると、我慢せず、本当のことを伝えてほしい、と中田正義に告げる行動にあたりそうだった。

兄であると言ってほしい、と。

みのるは怖かった。偶然とはいえ盗み聞きをしてしまったことに、みのるがそれを黙っていられなかったことに、我慢して自分のお腹に秘めておけなかったことに、中田正義が失望するかもしれないのが怖かった。

でも幽霊は、中田正義ならばそんなことで失望はしないだろうと言ってくれた。だったら。

言ってしまったほうがいいのかもしれないと。

たとえそれにどれほど勇気が必要だとしても。

口にしたほうがいいことなのかもしれないと。

それまで自分を包んでいた、黒い霧をはらうように、みのるは大きく頷いた。

「ちょっと……頑張って……話してみます」

「それがよろしいかと」

幽霊は穏やかに告げ、微笑んだ。美しい幽霊が微笑むと、世界の全てに祝福されているような気持ちになるから不思議だった。何でもうまくいきそうな気がして、みのるは少し首を振った。あんまりぽわぽわしているのは危険だった。

まだ言いたいことは残っている。

みのるはソファから立ち上がり、姿勢を正した。

「あの、幽霊さん」

「何でしょう」

「……ありがとうございます」

おそらくあなたは本物の幽霊ではないと思うけれど、そんなことはどうでもよくて、自分に優しくしてくれたことに対して、ただ、ありがとうございましたと。

そこまで言葉にはしなかったものの、ありったけの感謝の気持ちを込めて、みのるは深くお辞儀をし、もう一度『ありがとうございます』と告げた。

顔を上げると、幽霊もまた、深々としたお辞儀から顔を上げるところだった。

「もったいないお言葉です」

「……僕のほうこそ……」

「さて、随分遅い時間になってしまいましたね」

みのるがあわあわとしていると、幽霊は会釈し、どうぞお気をつけてお帰りくださいと言ってくれた。勇気づけるような声に、みのるは少し力を分けてもらった気がした。

そして不意に、もう一つ、不可解なことがあったのを思い出した。

「あの、すみません、実はもういっこ、わからないことがあって……」

「何なりと」

みのるは志岐真鈴の『紹介して』の謎について、幽霊に尋《たず》ねることにした。歌っているのを聴いたあと、何だか様子がおかしくなり、次に会った時にそう頼まれた件である。

幽霊はしばらく、壁のような無表情で話を聞いていたが、みのるが首をかしげると、思慮深げに頷いた。思いのほか真面目で、思いつめたような顔だった。難しい質問だったのだろうかとみのるは少し慌てた。

「興味深いお話です。その方はあなたの大事な方を『紹介して』と言ったのですね」

「はい。でも、もう紹介は終わってるのに……」

「また紹介してほしいと」

「はい」

何なんでしょう、とみのるが尋ねると、幽霊は顎《あご》に手を当て、軽く首をかしげ、微笑んだ。

「なるほど」

「……何か、わかるんですか？」

「思うにその方は、あなたの大切な方と、より親しく付き合いたいのでしょう」

「えっ……？　どうしてですか」

「さあ。ですが想像するに、歌を教えてほしいのでは？」

「あっそうか。そうかもしれないです」

「ではこれで解決でしょうか」

「はい！」

ありがとうございました、と頭を下げて、みのるはジャングル屋敷を出た。また門を乗り越えて、自分の家の庭へと飛び降りる。

直後。

「あの馬鹿者が」

低く吐き捨てる声が聞こえた気がしたが、みのるは振り返らなかった。幽霊の言葉とは思えなかったので――声は似ていたが、口調も語調も全然違った――何かの聞き間違いだろうと。

「みのるくん、お帰り！　ちょっと心配してた」

「あっ……」

マンションに戻ったあと、みのるは初めてスマホを確認した。着信履歴が六件あって、その全てが中田正義からだった。

「すみません、気がつかなくて……」

「いいよ、いいよ。お疲れさま。お風呂に入る？」

中田正義は何も尋ねなかった。

どこに行っていたの？　とも、何かあったの？　とも。

自分が同じ立場なら絶対に質問すると思ったが、みのるはひしひしと感じた。

すごく気を遣ってくれていることを、みのるはひしひしと感じた。嫌なわけではなかったが、ただそれで中田正義がくたびれているのなら、とても辛かった。

中田正義は笑いながら話した。

「さっき林くんの家に電話してみたよ。中華街のお店にいるお父さんにつながって、林くんは今出かけてるって話だったんだけど、市内にある中国語の勉強ボランティアの団体を調べてつないだら、すごく喜んでくれたんだ。『今度みのるくんも連れて食べに来てください』って誘われたから、そのうち行こう」

みのるは途方もない気持ちになった。電話だけではなく、ボランティア団体を探して連絡をとるところまで請け負う羽目になったらしい。自分がうっかりメモを受け取ったりしなければ、こんなことにはならなかったのにと思うと、申し訳なさとは違う、自分自身の情けなさに潰されそうになった。自分でできない仕事を請け負ってしまうのが、こんなに恥ずかしいものなのだと、みのるは考えたこともなかった。

「…………ごめんなさい……大変なことに……」

「全然！　楽しかったよ。林くん、みのるくんのことお父さんに話してるみたいだったよ。かっこいいって言ってたらしい。ケンカした相手と仲良くできるなんてチェンシューだって」

「ちぇんしゅー？」

「『成熟してる』ってこと」

成熟。それは『大人』に近い言葉のはずだった。

みのるは一度、小さく深呼吸した。

「あの…………中田さん」

「ん？」

ダイニングルームに向かおうとしていた中田正義は、笑って振り向いた。

「……話が、したいです」

みのるはまっすぐに切り出した。

中田正義はすぐ、みのるの様子が少し違うことに気づいたようだった。頷き、みのるの前にいつものようにしゃがむ。目線がみのるより少し、低くなった。

みのるは首を横に振った。

「しゃがんでくれなくて、いいです」

「………」

「一緒に椅子に、座って話せば、いいと思います」

そのほうが楽なので、とみのるは補足した。

中田正義は驚いたようだったが、すっと立ち上がり、ちょっと恥ずかしそうな顔で笑った。いつもよりほんの少し、中田正義は若く見えた。

「本当にそうだね。そうしよう」

「はい」

ただ幽霊が、自分の前でそうしてくれたようにしたかった。

年齢も国籍も、もしかしたら生死さえも違う相手ではあるけれど、向かい合って椅子に座って、お茶を飲むことができる。

中田正義とみのるも、そんな関係になることができたらと、幽霊は夢を見せてくれた。わりあい現実味のある夢だった。

ブルーを基調としたダイニングルームの、大きな食事テーブルの上には、ジャムの瓶《びん》にタンポポの花が飾られていた。ジャングル屋敷にも咲いていた花で、みのるは嬉しくなった。幽霊が応援に駆けつけてくれたような気がした。中田正義は椅子に座る前に、冷蔵庫から瓶のレモネードを取り出して、みのるの分と自分の分、揃《そろ》いのガラスのコップに注いでテーブルに置いた。

心を決めて、みのるは膝《ひざ》の上でぎゅっとこぶしを握った。

「最初に、謝ります。ごめんなさい。昨日、中田さんが、コンビニの駐車場で電話しているところを、聞きました」

「コンビニの駐車場？」

「坂の下にある、青い看板の」

中田正義の顔に、はっと焦りの色が浮かんだ。みのるは下唇を噛み、なんとか前を向き、話し続けた。

「中田さんは……僕の……」

意を決し、みのるは尋ねた。

「お兄さん、なんですか？」

中田正義は最初、小さく息をのんだようだった。だがおおっぴらに動揺を顔に出そうとはしない。微《かす》かに予期していたような素振りもあった。みのるは言葉を重ねた。

「偶然通りかかったんです。ごめんなさい。ごめんなさい」

「いや、謝らなくていいよ。そっか……そっか」

中田正義は静かに頷いた。怒ってはいなかった。ただ事実を事実として受け止めて、これからどうするのかを考えているようだった。

中田正義の決断は早かった。十数秒後、精悍《せいかん》な顔立ちの持ち主は、みのるのことを真正面から見据えて言った。

「うん。間違ってない。俺はみのるくんのお兄さんにあたる人間だ。母親は違うけど、父親が同じなんだ」

「…………」

「黙っていてごめん」

みのるは首を横に振った。心は、不気味なほど凪《な》いでいた。

やっぱり嘘や、冗談や、聞き間違いではなかったんだと。

みのるは力が抜けてしまいそうだった。まだあんまり読めていない物語の、結末の部分だけを見てしまったような、不思議なうつろさがあった。

中田正義は言葉を続けた。

「そんなのおかしいと思った？　みのるくんの戸籍は、お父さんの欄が空欄だから」

みのるはただ聞いていることしかできなかった。戸籍というものは、中学校に入学する時に一度取り寄せたことがあり、お母さんとみのるの名前が入っているだけのものだったが、その時は特に違和感を感じなかった。お父さんの名前がないことは、家の中にお父さんの存在がないことくらい自然なことだった。

中田正義は喋り続けた。

「いろいろ、みのるくんには話していなかった事情があるんだ。この前少し話した、このマンションのもとの持ち主のことを覚えてる？　昔、ちょっと理由があって、俺たちのお父さんのことをその人が調べてくれたことがあったんだけど、その時に実は、みのるくんのお母さんの存在はわかっていたらしいんだ。血のつながった兄弟の可能性のある子がいることも……でもそのあとすぐ……俺が調子を崩して、余力がない状態になって……その人は俺にその話をしてくれなかった。話してくれたのはわりあい、最近になってからのことだよ」

「それは、いつの話なんですか……？」

「教えてもらったのは去年。調べがついたのは七年前。俺が大学三年生だった時」

七年前。みのるは小学生にもなっていなかった。お父さんがいなくなってすぐの頃。

ひょっとしたら、とみのるはいきりたった。

「お父さん、生きてるんですか。今、どこにいるのかわかるんですか」

「残念だけど調査中なんだ。頑張って探してもらっているけど、まだ消息はわからない」

「…………死んじゃったってことですか」

「可能性はある。でもまだ『わからない』。生きている可能性もある」

中田正義はあくまで淡々と喋っていた。自分のお父さんのことを話しているにしては、不思議なほど静かな口調だった。

みのるがレモネードを一口飲むと、中田正義はまた、違う話を始めた。

「もちろん、厳密な検査はしていないから、兄弟じゃない可能性もある。もしみのるくんがそうしたいと思ってくれるなら。Y染色体のSTR検査っていうのをしてもらってもいい。詳しい内容は省くけれど、その検査をすると、俺とみのるくんが同じ父親を持つ兄弟である可能性がどのくらいあるのか、もっと正確にわかるから」

みのるは驚いた。もっと正確にわかる？　可能性？

「じゃあ、あの……違うかもしれないいんですか」

「可能性はある。でも俺は確信してる。俺の父親の名前も、『染野閑《しめのひさし》』だから」

しめのひさし。

みのるにとっては、お守りの鍵のような名前だった。いつかどこかで、その名前の人が現れて、「久しぶりだね」と言ってみのるを抱きしめてくれる。そういう夢は何度も見たが、夢の中のお父さんにはいつも顔がなかった。

写真もなければ、記憶もない父親。

お母さんがお父さんのことをどう思っているのかも、みのるはよく知らなかった。お母さんはお父さんのことを全然喋りたがらなかったし、みのるがそういう話を聞きたがると、決まって調子が悪くなる。触れることのできない領域にある話だった。

みのるが黙り込んでいると、中田正義はぐわっと頭を下げた。左右の手をそれぞれ膝の上に置いて、顔面がテーブルにぶつかりそうなほど礼をしていた。

「ごめん。本当にごめん。全部俺のせいだ。七年前、俺がもっとしっかりしていたら……………もっと、みのるくんとゆらさんに、違う選択肢を提示できたんじゃないかって、ずっと考えてた。俺のせいなんだよ。俺ばっかり、いろんな人に助けられて、本当に俺ばっかり……呆《あき》れるくらい俺ばっかり…………ごめん」

中田正義の声は、最後にはかすれてしまってよく聞こえなかった。みのるはただ驚いていた。中田正義が何に対してそんなに申し訳ない気持ちになっているのか、さっぱりわからなかった。

ただ、中田正義はきっと、七年前にみのるとお母さんに会いたかったのだろうと。

それだけはわかった。

でもその時は、中田正義は調子が悪くて、そういうことはできない状態だった。だとしたら、もう、それは仕方のないことで、今悔やんでもどうしようもないことのはずだった。それに当時、中田正義とみのるが会っていたとしても、何が変わったとも思えない。どうせお父さんはいなかった。

みのるはうなだれる中田正義を見ていられず、椅子から立ち上がった。

そして中田正義の足元にしゃがみこみ、顔を覗《のぞ》き込んだ。

「中田さん、謝らないでください」

「……でも俺……他に、みのるくんにできることが、何もないんだよ」

「それは、だって、できることなんて……」

「時間は戻らないよ。でも、もっと何かできたんじゃないか、ゆらさんは病院になんか行かなくて済んだんじゃないかって、ずっと考えてる」

「あの、それ、時間の無駄です」

「えっ」

中田正義は顔を上げ、みのるを見た。

みのるは喋った。

「いきなりすみません。でも、あの、『時間の無駄』っていうのは、お母さんの口ぐせなんです。『過去はやり直せない。くよくよしても、時間の無駄』って」

中田正義はびっくりした顔をしていたが、そのあと少し、笑った。目元が赤くなっていた。

「……そうなんだ」

「はい。ちょっと、言い方はきついし、つらいなって思うこともありますけど、僕もその通りだと思います。タイムマシンとか、ないし……」

「そうだね」

「だから、中田さん、悔やまないでください。もう、どうしようもないです。でも今、中田さんは、僕と一緒にいてくれて、お母さんを助けてくれて、お弁当作ってくれて、マンションに住ませてくれて、東京に連れて行ってくれて、それは、中田さんが僕にしてくれてることで……すごく…………あの……感謝してます」

「…………」

「今、中田さんに会えて、よかったです。中田さんでよかったです」

最後まで言い切った時、みのるは自分の背中に、幽霊の優しい手が触れているような気がした。自分一人だったらきっと最後まで言えなかった言葉を、絵の具のチューブを最後の最後までしぼりだすように、ちゃんと言葉にすることができた。嬉しかった。

中田正義は椅子から下り、床に膝立ちになると、みのるの体に腕を回した。

ぎゅっと抱きしめられた時、みのるはあたたかさに驚いた。人間の体はあたたかかった。お母さんに最後に抱きしめられたのがいつだったのか、みのるはもう思い出せなかったが、その時のやわらかでいいにおいのする抱っことは違う、ごつごつした大人の男の人の抱っこだった。

「……ありがとう。みのるくん、ありがとう」

「そんな、えっと、『ありがとう』は、僕のほうです。確実に、そうです」

慌てふためきつつ、みのるは答えた。中田正義は頷いているようだったが、それでも腕は離さなかった。

しばらく経ってから、中田正義は顔を上げ、みのるの顔をまっすぐに見た。

「……みのるくん、すごーく大人だね。さっき一瞬、俺よりずっと大人に見えた」

「えっ？　それは、たぶん、勘違いです」

「そうかな。そうだったらいいな」

俺お兄ちゃんぶりたいから、と中田正義は笑った。

みのるが目を丸くすると、中田正義は腕の力を緩め、嬉しそうに口元をむにむにさせて笑った。

「本当のことを言うと、嬉しかったんだ」

「え？」

「兄弟がいるって教えてもらった時。びっくりして頭が真っ白になったけど、そのあとすぐ『嬉しい』って気持ちが押し寄せてきた。俺、一人っ子だったから」

「そうなんですね」

「うん。そうなんだ」

「……僕も、お兄さんができて嬉しいです」

「あぁー。みのるくん。ごめん。前にも言った気がするけど、俺わりと涙もろいんだ。うぅー。ごめん。顔を洗ってくる」

中田正義は顔を覆《おお》って立ち上がり、ばたばたと洗面所に消えていった。

「…………」

初めて目にする中田正義の感情をむき出しにした姿に、みのるは少しほっとし、気づけば笑っていた。タオルで顔を拭いて戻ってきた中田正義は、不思議そうな顔をした。

「どうしたの」

「……あの、ちょっと嬉しくて」

「俺が泣いたから？」

「すみません！　そういう意味じゃなくて！　でも、あの、中田さんも、スーパーマンじゃないんだなって」

「スーパーマン？」

「何でもできちゃうから……」

みのるが言い淀《よど》むと、中田正義は照れくさそうにし、頭をかいた。

「スーパーマンかあ。そんなふうに思ってもらえたら嬉しいけど」

「でも！　僕は、中田さんにスーパーマンでいてほしくないです。全部一人でやっちゃおうって、思ってほしくないです。僕も……あの、まだ中学生ですけど、できること、いろいろあると思うので、任せてほしいです。ゴミを出すとか片づけをするとか……あと、あと……毎日おやつ、作ってくれなくても大丈夫です。お弁当も、もっと冷凍食品いっぱいで、大丈夫です。お小遣いも少なくて、大丈夫です」

中田正義はしばらく、真面目な顔をしていたが、だんだん表情が崩れてゆき、最後にはまた、うーっと呻《うめ》いて顔を覆った。

「……もっぺん顔洗ってくる……」

「ああっ、すみません！」

いいよいいよと手を振りながら、中田正義は再び洗面所に消え、今度はビンタをいれるような音と共に戻ってきた。

「気合注入完了！　よし、今日の晩はどうしようか。何が食べたい？　何でも作るよ」

「あの……」

中田正義のマンションにやってきて以来、ずっと言いたかったことを、みのるは何とか口にした。

「僕が作ってもいいですか？」


「すごい！　うまいよ、みのるくん！　木べらがそんなに上手に使えるなんて奇跡みたいだ！　天才だよ！」

「大げさです……」

「いやいやいや、本当にすごいって。フライパンの中のものを全部床にぶちまけたり、空中回転させた木べらを炊飯器に突き刺したりする人だっているのに……あっごめん、今のは忘れてほしい」

よくわからないながら、みのるは木べらを返し、二つの大きなハンバーグをひっくり返した。お母さんと自分の分を作る時には、肉を節約して、キャベツ団子のようなものを作らなければならなかったが、中田正義と買い物に行く時には予算を気にしなくていいので、肉でいっぱいのハンバーグにした。合いびき肉、しかも牛肉多めである。

付け合わせの野菜は中田正義が作るというので、みのるは全てお任せすることにした。おかずに野菜を付け合わせるという概念が、みのるとお母さんの料理には存在しなかったので、何だかそれだけでレストランにやってきたような気がした。

ハンバーグはつつがなく焼きあがった。

同じタイミングで、中田正義はアスパラガスとカリフラワーの温野菜に、にんじんのグラッセ、ハム入りのマッシュポテトを作り上げていた。

「誰かと一緒に料理するのって楽しいね」

「はい」

中田正義は真実、楽しそうに笑っていた。みのるは料理を楽しいと思ったことなどなかったが、中田正義が笑って、みのるが料理をしていることを喜んでくれているので、何だか今までに作ってきたゴミクズのような――お母さんがたまにそう言った。でも悪気がないことはわかっていたので、みのるは気にしなかった――料理たちが全て報われたような気がして、心がほんのりとあたたかくなった。

大きな白いお皿二枚に、ハンバーグと野菜を盛りつけて、オレンジジュースを脚の長いグラスに注《そそ》ぎ、みのると中田正義は手を合わせた。

「いただきます」

「いただきます」

みのるはまずマッシュポテトを食べた。おいしかった。クリーミーでハムの塩味がして、口の中が幸せになる味だった。

中田正義はハンバーグを食べ、笑っていた。見ているほうが恥ずかしくなるほど嬉しそうな顔で、みのるを眺めて。

「おいしい」

「………」

「こんなにおいしいハンバーグ、今まで食べたことないよ」

「ありがとうございます。このマッシュポテトも、おいしいです」

「だろー。これは自信作なんだ。会社の忘年会の定番」

「会社の忘年会、するんですね」

「うん、まあ、『家族会』みたいな感じだけどね。うちの大ボスと、上司と、上司の家族と、俺の家族で持ち寄りパーティして」

会社と家族というものが、中田正義の職場では密接につながっているようだった。あんまりそういうイメージで仕事場を考えたことがなかったので、みのるには不思議な気がしたが、中田正義は楽しそうな顔をしていた。

「みのるくんとも、いつか一緒に行けたらいいな」

「邪魔になりそうですけど……」

「ならないよ！　あー、それにしてもおいしい。お肉がふわふわだ」

「パン粉をいっぱいいれちゃったので……」

「最高だね。俺これ大好き」

と。

だしぬけに、インターフォンが鳴った。ピンポーンという音がわんわんと部屋の中に響く。中田正義は立ち上がり、扉の外を見るカメラのスイッチをいれた。

「はーい」

返事はない。

中田正義は眉根を寄せ、ちょっと待っててと言ってみのるを留めると、玄関口へ向かった。

そしてチェーンをしたまま、扉を開け。

「……何か置いてあるよ」

足元から、小さな箱のようなものを拾いあげた。

銀色の紙でラッピングされ、淡いブルーのリボンのかかった、手の平におさまってしまいそうなサイズの箱。

奇妙だった。宅配便の人が来たところなら今までにも見たことがあったが、彼らはマンションの外玄関にある、宅配ボックスのところまでしか入ってこない。もしここまで入ってくることがあれば、それは家の鍵を持っている人に限られているはずだった。

もしくは。

何か。

超常的な力を持っている存在。

中田正義は大して気にした様子もなく、箱を手に持ち笑った。

「変なメッセージカードがついてるよ」

「……何が書いてあるんですか」

「英語で、『みのるくんへ。ゴーストより』だって」

「ゴースト」

「おばけとか、幽霊ってこと」

心当たりある？　と中田正義は笑った。

ともかくみのるへの贈り物なので、中田正義は中身を確認することはしなかった。

食事を終え、食洗機に皿をいれて、中田正義がお風呂に入ったのを確認してから、みのるは大慌てで部屋へ走り、銀色の包み紙を開けた。

箱の中には予想通り、蝶《ちょう》の細工の施された名刺入れが、柔らかい赤い布に包まれて入っていた。

「は？　何？」

「……………謝りたいんです」

「でも、君は万引きしてないわけでしょ？」

「……………しようとしてしまったので……………」

次の土曜日。みのるは中田正義と共に、ドラッグストアに赴いていた。

中田正義と初めて出会った店である。

店長だという、くるくるパーマの年かさの女性は、みのるの告白と謝罪に、まるでぴんときていないようだった。

自分は万引きをしてしまいそうになり、アクシデントがなければ、本当に盗んでしまうところでした。本当にごめんなさい――と。

この子は一体何を言っているのかという顔の店長の後ろの扉から、ひょっこりと姿を現したのは、みのるを呼び止めた茶髪の店員だった。どしたんすか、と店長に尋ね、事の次第を知った彼は、ああーと大きなため息をついた。

「あの時の子か」

「…………はい」

「変だと思ったんだよ。本当にポケットにいれたように見えたから」

「……いれたんです。でも……」

　中田正義に盗み返されたので、とは言えず、みのるは口をもごもごさせた。茶髪の店員は仕方ないなあと言いたげに笑っていた。

「落としちゃったかー。やりそこなったね」

「加藤《かとう》。あんた見てたの」

「見てましたし、呼び止めましたけど、盗んでなかったんですよ。それ以上どうしようもないでしょ」

「それはそうだけど」

　釈然としない顔の店長は、それでも何かを察したのか、みのるの顔をじっと見て、告げた。

「あのね、怒ってるわけじゃないんだけど聞かせて。何で盗もうと思ったの」

「…………どうしようもなくて……」

「どうしようもない？　ってどういうこと？」

　みのるは黙り込んだ。自分自身にもうまく説明できないことを、初めて会うドラッグストアの店長に説明できる気がしなかった。

　黙り込んでいるうち、店長は一人、納得したようだった。

「ま、理由はいろいろあるわよね。大事なのはそこじゃないか」

「本当に申し訳ありませんでした」

「なぞなぞ。このお店、年間どのくらいの金額、万引きに遭ってるか知ってる？」

「えっ…………」

「あてずっぽうでいいから」

　みのるは焦り、中田正義の顔を見た。中田正義もわからないらしく、首を横に振る。みのるは考え、考え、答えた。

「…………八万円くらい」

「ブッブー。正解は六十万円」

　ええっという声を、みのると中田正義が同時にあげた。店長はパーマの髪を揺らし、腕組みをした。

「一人当たりの万引き額はね、正直大したことないのよ。そりゃあうちはね、せいぜい高くても二万円とか三万円の品物しかないから。でもそれがちょっとずつ、ちょっとずつ積み重なっていくわけ。ビタミン剤とか育毛剤とか。それで年間六十万の損失」

「……お店、潰れないですか」

「そりゃあしんどいわよ。でもなんとかやってる」

映画女優のような、粋な顔でニッと微笑み、店長はみのるを見つめた。

「万引きしそうになったことを反省してくれて、おばさん嬉しいよ。ありがとうね。君はもう万引きしない気がするけど、これからも誘惑に負けちゃだめだからね。人の迷惑になるだけじゃなく、君にとっても、すごく悪いことだから」

「…………………申し訳ありませんでした」

「あははは。じゃあお兄さんと一緒にお買い物していってよ。ねえ」

店長は笑って、中田正義を見た。みのると中田正義は再び揃ってぎょっとした。

お兄さん。

店長は怪訝《けげん》な顔をして、硬直した二人を交互に見た。

「あ、お兄さんじゃなかった？　おじさん？」

「……いえ、兄です」

そう引き取った中田正義は、みのるの左右の肩に、そっと両手を置いた。

その後二人は、店の商品が半分なくなってしまうのではというほどの爆買いをして、車のトランクと後部座席がぱんぱんになるまで荷物を積み込んだ。

「……中田さん、ありがとうございました。一人だったら、何も言えなかったと思います」

助手席に座り、どうしても後部座席に入らなかったおふろで使うアヒルを手に持ちながら、みのるは中田正義に頭を下げた。シャンプーとリンスの詰め替え袋にうもれながら、中田正義は笑った。

「俺はただの付き添い。『謝りに行きたい』って言ったのはみのるくんだよ」

「………」

「えらかったね」

「………えらくないです」

「えらかったよ。すごく勇気を出しただろ。かっこよかった」

「…………………」

その理屈はおかしいとみのるは思った。それではまるで、万引きの罪を犯して反省した人のほうが、もとから万引きをしなかった人よりえらいと言っているように聞こえる。

でも中田正義が言いたいのは、そういうことではない気がした。

ただみのるが勇気を出したことに対して、えらいと言ってくれている。

みのるはその言葉を、素直に受け取ることにした。どっちみち頑張ったことは確かなので、褒められるのは嬉しかった。

「………」

もう一度、勇気を振り絞り、今を逃したら二度と聞けなくなるかもしれないことをみのるは尋ねた。

「……中田さん。なんであの時、助けてくれたんですか」

みのるが盗んだばんそうこうを、手品のような早業《はやわざ》で盗み返したことを。

説明するまでもなく、中田正義はわかってくれたようだった。

「みのるくん、本当にあれが欲しかったわけじゃないだろ」

「…………」

「俺のばあちゃんが言ってたんだ。『盗む時には二種類ある。盗まないと体が死んでしまう時と、盗まないと心が死んでしまう時』って」

「…………死んでしまう時……？」

「『体が死んでしまう』のほうはわかりやすいよね。食べなきゃ死ぬ、飲まなきゃ死ぬ、そういう状態で食べ物や飲み物を盗むことだ」

みのるにもそれはわかった。しかし、心が死ぬとは？

中田正義は言葉を続けた。車は音もなく、山手の坂を走った。

「『心が死んでしまう』は、ちょっと難しいけど、俺はわかる気がする。別にそれがなくても、飢《う》えたり渇いたりするわけじゃないんだ。でも何かしないとおかしくなりそうな時は、手足を縛られて暗闇《くらやみ》に閉じ込められた人が脱出のために何でもするみたいに、どんなことでもすると思う。ただそれが盗みってだけなんだ。髪の毛を抜いたり、自分の爪を痛くなるまでむしったり、他にもいろんなことをする人がいるけど、そういうことの延長線上なんだ。心が死ぬのは、体が死ぬより苦しいこともあるから」

「………」

「うまく説明できなくてごめん。こういうのはやっぱり、俺の上司にはかなわないな」

「……中田さん、怒ってないんですか」

「怒ってない。もしかしたら俺は怒ったほうがいいのかもしれないけど、怒れない。それより『ごめん』って気持ちが強い」

「どうして」

「もっと早く会いたかったから。もっとみのるくんが苦しくない時に会って、楽しいことをいっぱい、一緒にしたかったから」

「…………」

「でも仕方ない。過去はやり直せないし、くよくよするのは時間の無駄だ。だから今、できることを精一杯やる」

「…………中田さん、ちょっとやりすぎなくらい、やってくれてます」

「悪いけどもっとやっちゃうよ」

中田正義はおどけ、みのるも微笑み返した。

そのあたりでみのるは、車がマンションへ向かう道ではなく、山手本《やまてほん》通りを走っていることに気づいた。それもみのるの家のある方向へ。

「ちょっと寄り道。見せたいものがあって」

みのるは頷き、中田正義の運転に任せた。

車はみのるの家の前に到着し、駐車可能な狭いスペースにそっと寄った。

だが中田正義は、車を降りてもみのるの家に入ろうとはしなかった。

ジャングル屋敷の正門の前に立ち、みのるを待っていた。

「到着」

「ここは……」

「俺の職場なんだ。銀座《ぎんざ》にあるお店も職場だけど、今の主戦場はこっち」

「でも、ここって……」

「ジャングル屋敷って呼ばれてるらしいね。俺は『神立邸』って聞いてる」

みのるはびくりとした。幽霊に聞かされた通りの話である。

中田正義は懐《ふところ》から鍵を取り出し、正門にからみついた鎖を手早く外していった。真っ赤に錆《さ》びていて、永遠に動かないように見えた鎖が簡単に外れてゆく。

中田正義は黒い門を左右に開け放ち、みのるを見た。

「足元が悪いから、気をつけて歩いて」

「中に入るんですか」

中田正義は笑って、ジャングルの中に踏み出した。

後を追って一歩踏み出した時、みのるは驚いた。塀の外から見ているとまるでわからなかったが、屋敷の正面玄関へと続く車道の痕跡《こんせき》が、庭の中には存在した。門の入り口から屋敷へまっすぐ続くのではなく、右側に蛇行《だこう》し、U字型を描くように玄関へと向かっている。その部分だけは、伸びた雑草の姿はなく、背の低い草が生えているだけだった。はみ出している枝や大きな草花もない。最低限とはいえ、誰かが整備したようだった。

中田正義は屋敷の玄関へとたどりつくと、懐から大きな鍵を取り出し――名刺入れに入っていた鍵とは比べ物にならない大きさだった――大きな鍵穴に差し込んだ。

建て付けの悪い扉は、数度、抵抗するような素振りを見せたものの、最後にはガチャリと開いた。

広がっていたのは、見覚えのある景色だった。

黒白の石で彩られた床。高い天井。シャンデリア。

「じゃーん。頑張って掃除したんだ。ここは昔、神立さんって人たちが暮らしていたところで、今はその孫の代の人たちが相続する手はずになっていてね。でも遺産分割っていうお金や土地や骨董品《こっとう》なんかを分ける過程で、いろいろ手続きが必要になって」

「中にあるものの値打ちを鑑定しなくちゃいけないんですよね……？」

「そうそう、鑑定を…………って、あれ？」

何で知ってるの？　という顔をした中田正義の前で、みのるは慌てた。不法侵入の件を話さなければならなくなってしまう。幽霊のことも。そんなことを言っても信じてもらえるはずがなかった。

動揺するみのるの横で、しかし中田正義は、他のことに気を取られていた。

「あれ？　おかしいな。この箪笥《たんす》……」

みのるも気づいた。

ついこの間、幽霊と一緒にお茶会をした時には存在しなかった家具が、ツートンカラーの石床の上に置かれている。

黒色の木。きらきらと輝く虹《にじ》色の細工。たくさんの引き出し。それぞれの引き出しの扉に、異なる細工が施されていることに、初めてみのるは気がついた。鳥と花咲く木の枝の模様。釣りをする人たちの模様。魚と海老《えび》の模様。川の流れをうねる線として描いた模様。

みのるが幽霊と出会った部屋に存在した、あの箪笥だった。

中田正義は首をかしげていた。

「やっぱり変だ。これは西側の部屋にあるはずの家具なのに……」

「私が動かしました」

と。

声は階段の上から降ってきた。

かつ、かつ、と足音を立てて、屋敷の二階から、誰かがゆっくりと下りてくる。

ぴかぴかの革靴。淡いブルーのスラックス。優雅な白い指先。

作り物のように精緻《せいち》な、白い顔立ち。金の髪。

けぶるような青い瞳。

「リチャード」

中田正義がそう呼ぶと、その生き物はにこりと微笑んだ。

「エトランジェはどうしたんだ」

「タヴィーとヴィンスに預けています。今日は彼が日本のオークションに参加する関係で、アメリカから来ているので」

「ああ、道理で箪笥がここにあるわけだ。一人じゃ動かせなかっただろう」

「散々『ふーん』と言われながら、細心の注意を払って運びましたよ」

「呼んでくれたらよかったのに」

「あなたの睡眠時間をこれ以上削りたくありません」

中田正義とその男は、旧年来の知り合いのように打ち解けて話していた。みのるは硬直していた。どうしたらいいのか全くわからなかった。

午前の光に照らされた家の、石造りの大広間をまっすぐに横切って、男はみのるの目の前にやってきた。

　そして優雅に一礼した。

「お初にお目にかかります。私はリチャード。リチャード・ラナシンハ・ドヴルピアンと申します。あなたは霧江みのるさまですね。どうぞお見知りおきを」

「ゆ、ゆうれい……」

「はじめまして」

　幽霊は噛んで含めるように、はじめ、まして、と繰り返した。みのるも理解した。

「……はっ…………はじめっ、まして」

　そして幽霊は――リチャード・ラナシンハ・ドヴルピアンは微笑んだ。お人形のように美しい笑みだったが、どこかしらいたずらっこのような雰囲気があって、みのるはどきどきした。

　金髪碧眼の男の人は、幽霊ではなかった。生身の人間だった。そこまでは予想していた通りだったが、中田正義の知り合いとは思わなかった。

　中田正義は笑いながら、リチャードの隣に立った。

「みのるくん、こちらリチャード。俺の上司。もう長い付き合いになる。俺もリチャードも、ラナシンハ・ジュエリーって会社に勤めてるんだけど、そこでお世話になってるんだ。俺は彼の秘書をしてる」

「大変いろいろ助けていただいております」

「こっちの台詞《せりふ》だよ」

みのるは頭がぐらぐらした。幽霊は、もといリチャードは、中田正義の上司で、いろいろ助けてもらっているという。つまり二人は知り合いで。

もしかしたらリチャードが知っていることは、中田正義にも筒抜けだったのでは——

「みのるくん、どうかした？」

青ざめるみのるの横で、リチャードは素早く首を横に振った。

中田正義はぽかんと首をかしげている。

「あれ……俺、どこかでみのるくんに、リチャードの写真か何かを見せたっけ？　初対面だよね」

「ええ。その通りです。みのるさま」

「は、はい」

筒抜けではなかった、ようだった。

みのるが小さくリチャードに会釈すると、リチャードも優雅に会釈を返してくれた。

中田正義はその後、屋敷の奥に入ってゆき、三人分のティーセットを持って戻ってきた。銀色のお盆もティーカップも、この前みのるがごちそうになった時のものと同じだったが、リチャードは素知らぬ顔をして、素敵なカップですねなどと評していた。

「このお屋敷はタイムカプセルみたいなんだ。ずっと封印されたまま放置されていたから、三十年前の掃除機や洗濯機まで残ってる」

「食器類もそのままでした。埃をかぶっていましたが、ひとつひとつ磨いてゆくと、どれも値打ちのあるものばかりです」

「だから、中で作業をしてることがわかると、泥棒を呼び寄せるようなことになりそうで嫌だったんだけど、ようやく昨日の夜、セキュリティ設備の設置が終わったから、こうしてみのるくんを呼べたんだ」

「セキュリティ……」

「あらぬところから侵入者が訪れた場合、警備会社に通報され、警備員がやってくるということです」

リチャードの言葉にみのるはぞっとした。昨日の夜以降、もし屋敷に忍び込もうとしていたら、警備員につかまってしまった可能性があった。中田正義が今このタイミングで、自分に屋敷の話をしてくれたことに、みのるは内心感謝した。

そしてどこかで、寂しかった。

もうジャングル屋敷は、みのるの知っている秘密基地ではない。神立邸になってしまった。遊びに来ることはできない。

甘いお茶を飲みながら、カラフルなゼリー菓子を眺めていると、中田正義はリチャードの顔を見た。リチャードも見返し、頷いた。

「みのるくん、ちょっと見せたいものがあるんだ」

「見せたいもの？」

「この箪笥の中身」

促《うなが》されるままソファから立ち上がり、みのるは箪笥の前に立った。

みのるの顎くらいの高さまである、大きな黒い箪笥。大小無数の引き出しと、引き出しの数だけあるいろいろな絵面。おそらくは貝殻の細工で描かれたもの。

中田正義が示した引き出しには、空を飛び回る燕《つばめ》の家族と、咲き乱れる梅の枝が描かれていた。太陽の光を浴びると、白い薄片は七色にきらめく。

中田正義からの目くばせを受け、リチャードは口を開いた。

「こちらの細工は明《みん》時代、中国の古い国の名前ですが、そこで四百年ほど前に作られたものを、江戸時代の日本の職人が漆《うるし》塗りの箪笥に転用した、いわば時代を超えた合作です。木材は黒檀《こくたん》、細工は螺鈿《らでん》と呼ばれるジャンルの名品です。夜光貝やあわびなどの貝の内側、マザー・オブ・パールと呼ばれる、きらきら輝く部位を細かく切り、漆を塗った板に張り付けることで、このように精密な絵を描き出す技法です。英語では『インレイ』と呼称されますが、その通り『埋め込み』の技術による芸術でございますね。歴史は古く、正倉院《しょうそういん》御物《ぎょぶつ》の時代から存在が確認されている、大変伝統深い芸術です」

みのるには半分くらいしかわからなかったが、リチャードの声色《こわいろ》と喋り方はとても整っていて、きれいで、ずっと耳を澄ましていたい小川のせせらぎのようだった。

みのるの心を読んだように、リチャードは微笑み、話を続けた。

「こちらの箪笥も、ただの箪笥ではございません。複雑なからくり仕掛けになっておりまして、私どもにもまだ、開けることのできない引き出しが残されています」

「この中にも、いろいろ宝物が入ってるんだ。俺たちもうんうん言いながら開けてるところなんだけど、その中の一つに、ちょっと面白いものが入っていて」

そう言って中田正義は、どこをどうすれば何が出てくるのかもわからない、のっぺりとした箪笥の前で、しゃがんで底板を押したり、上のほうの黒いパーツをつまんだりして、数分そのまま格闘していた。

果たして扉は開いた。

燕と梅の細工の下、特に何も彫り込まれていない木の板が、すうっと下にスライドし、その奥から引き出しが出てきた。みのるは息をのんだ。

中田正義は引き出しの中に手を差し込み、何かをつまんだ。

「これ」

中から出てきたのは、小さな黄色い布張りの箱だった。色褪《あ》せているが、箱の形は崩れていない。底面に貼られたシールのSから始まる数字は、どうやら昭和の年号のようだった。みのるが生まれる前の時代である。

「手に持ってみて」

「……いいんですか」

中田正義は頷き、箱の蓋《ふた》を開けた。中には茶色い、柔らかそうな布の巾着が入っている。みのるは水をうけとるように、両手を揃えて差し出した。

中田正義はその手の上に、巾着の中に入っていた白い塊をそっと落とした。

ちょっと大きなカシューナッツくらいのそれは、つやつやとした濃淡のある石だった。

表面には羽ばたく鳩《はと》が彫り込まれている。

「これは……」

「アイボリー。象牙《ぞうげ》でございますね。今ではワシントン条約によって取引が規制されていますが、昔の品物、いわゆるアンティークと呼ばれるような品物の場合、未だ多く流通しています。こちらはロケットと呼ばれる装飾品です。非常に質の高い逸品《いっぴん》ですよ」

「ロケット……？」

「空に飛ばすものではなく、紐《ひも》でつるして首から提《さ》げるチャーム、ペンダントトップです」

「ここを押すと、開くよ」

「開く？」

「チャームの部分が開閉式になってるんだ。ちょっとしたものなら中にいれることもできる。ここ、押してみて」

みのるは教えられたように、金具の部分を押した。

パチリと音がして、ロケットが開く。

割れたくるみの実のようなロケットは、右と左で造りが異なった。ペンダントの紐をつけるのであろう、輪っかのついた半分には、リボンで束ねられた花束のようなものが、白い象牙から彫り出されている。

もう半分の中には、金のフレームがついていて、中に写真が収まっていた。

色褪せた赤ちゃんの写真。そして二つ折りになった、小さな小さな紙。

「これは……?」

みのるはそっと、指先で紙をつまみあげ、開いた。

中には震えるような筆跡で、一言だけ書かれていた。

『ゆらちゃんへ』。

「…………!」

ゆら。みのるのお母さんの名前だった。

「これは……」

「推測だけど、これはみのるくんのおじいさんか、おばあさんの文字だと思う」

「でも、ここは、神立さんのお屋敷で、この箪笥も、神立さんのものですよね」

「うん。でも彼らはこのお屋敷を職場にしていて、それこそ一生を捧げるくらいの気持ちでずっと働いていた人たちだ。屋敷の持ち主だった神立さんが、彼らのことを家族みたいに思っていたって、不思議じゃないと思うよ。彼らの持ち物を、何かの理由で預かることも、あり得ると思う」

「あるいはこちらの品物が、そもそも神立さまの持ち物であった可能性もあります」

　中田正義の言葉を、リチャードが引き取っていった。流れる水のように、リチャードは穏やかに力強く喋った。

「こちらのロケットは、細工からしてヴィクトリア朝時代、イギリスのアンティークでしょう。美術品収集家であった神立さまの持ち物であった可能性が高い品です。それをおじいさまかおばあさまにお譲りになられたものの、何らかの事情で再び、神立さまの所有する箪笥の中にしまわれた、というのが、実際のところに近いのではないでしょうか」

「どうして……？」

　みのるが尋ねると、リチャードは静かに言葉を重ねた。

「これは推測ですが、あなたのおじいさまとおばあさまは、この品物をあなたのお母さま、つまり一人娘のゆらさまに贈りたいと思っていたのでは？」

「じゃあ、あげればよかったのに……」

「差し上げられない何らかの事情があったのやもしれません」

みのるは考えた。

あげたいけれどあげられない理由。

おじいちゃんやおばあちゃんと、お母さんとは、折り合いが悪かった。

召使いになっちゃだめ、王子さまにならなきゃ。

もしお母さんが、自分の親から高価そうなプレゼントをもらったら、どんな気持ちがするだろうとみのるは考えた。それもとびっきり高価そうなものを。それが彼らの雇い主である神立さんからもらったものであることは明らかである。『ほどこし品はいらない』というのもまた、お母さんの口ぐせだった。同情されるのが苦しく悔しいことであるのはみのるも知っていたが、もらえる食べ物やお金については、みのるはただ感謝していた。あるとないとでは大違いである。

でもお母さんは、食べ物やお金のことも、うっとうしく思っているようだった。

公共料金の支払いも、その他いろいろな手続きも、全部嫌なようだった。

お母さんはそもそも、お金が嫌いなのかもしれなかった。

そういう人に高価な贈り物を、それも『召使い』が『ほどこし品』としてもらったものをあげたら、お母さんは高いカップのように、壁にぶつけて破壊してしまいそうな気がした。

別にお母さんは怒って何かを破壊するわけではなかった。ただとても悲しそうに、身の回りの物を投げたり、殴ったり蹴《け》ったりする。そしてそのあと、壊れたかけらを大切そうに、ゴミ袋に包んでとっておくのだった。

みのるにはそれが、自分で自分を殴っているように見えることがあった。

「……あの」

中田正義は優しい顔でみのるを見た。みのるはおずおずと切り出した。

「これ……お母さんに渡してもいいですか」

「今はちょっと難しいかもしれない。生活必需品以外のものを差し入れすることは禁止されているみたいだから」

「…………そうですか」

「でも手紙ならいいって言われてる」

中田正義は微笑んだ。みのるの表情が明るくなったのにつられたようだった。

「一緒に書こう。俺も書くから」

「……はい！」

「それよりも、みのるさま。もう一度そのロケットをよくご覧ください」

頷き合ったみのると中田正義は、同時にリチャードの顔を見た。

黒い木製の箪笥の隣に佇《たたず》むリチャードは、人間ではなく箪笥の仲間の芸術品のように、上から下まできれいに整った風情《ふぜい》をしていた。

リチャードに促されるまま、みのるはもう一度、白いロケットに目を落とした。

赤ちゃんの写真。金の金具。

リボンで束ねられた、花束のようなもの。

何の花だろうと目を凝《こ》らしたみのるは、おかしなことに気づいた。花房にあたる部分にあるものが、どっちかというと花というより葉っぱのようで、銀座のビアホールの壁に描かれていた農作物のような、変な形をしていた。

「これ……何の花ですか」

「私が考えるに、こちらは麦の穂かと」

「むぎ」

「みのるさまは、本物の麦の穂をご覧になったことはありますか？」

「ないです……」

中田正義はポケットからスマートフォンを取り出し、すいすいとフリックして、みのるに画像を示した。金色の穂が映っていた。小麦、麦、米。そういったものの先端の、食べられる実が入っている部分だった。

「こういうものを総称して、英語では『フルーツ』と呼びます」

「フルーツって、果物のことだけじゃないんですね」

「はい。果物の『フルーツ』は名詞ですが、この言葉には動詞としての意味もございます」

動詞。英語の授業で出てくる単語で、みのるの大敵のような存在だった。わからないです、とみのるが見上げると、中田正義はちょっと困った顔で笑った。

「リチャード、もう少し楽ちんな調子で頼む」

「左様ですか。では言い換えましょう。『フルーツ』には『みのり』あるいは『みのる』という意味があるのですよ」

みのる。

目をぱちぱちさせると、中田正義は微笑んでいた。

「実はこのロケット、一度俺たちも開いて中身を見たんだ。壊れていたらいけないし……それでこの赤ちゃんの写真が、誰のものなのか調べたんだけど」

中田正義は再びスマートフォンを繰った。画像欄を見ているようだった。

中から出てきたのは、みのると一緒に掃除をした時に発掘した写真だった。中田正義はひとつずつ丁寧に写真を撮っていたが、その中にはみのるとお母さんの家族写真の入ったアルバムも含まれていた。アルバムの中身まで写真を撮っていたことを、みのるは知らなかった。

中田正義のスマホの画面には、若いお母さんと、赤ちゃんの姿が映し出されていた。赤ちゃんはみのるである。

ぷっくりと膨れた赤い顔は、ロケットの中の写真とそっくりそのまま同じだった。

「この写真の赤ちゃんは、ゆらさんじゃないんだ。みのるくんだよ」

「…………僕？　なんで？」

「これは推測ですが、最後にこの箪笥にこのロケットを収納したのは、あなたのおじいさまやおばあさまではなく、お母さまだったのではないかと。そうでなければこの骨董品の中に、あなたの写真が収まっていることの説明がつきません」

「…………お母さんが、このお屋敷の中に入ったことがある、ってことですか」

「おそらくは」

「この……頑張らないと開かない箪笥を開けて……？」

「その通りかと」

考えもしないことだった。お母さんとジャングル屋敷とは、月と地球くらい離れた存在だと思っていた。

だがおじいさんとおばあさんの縁があるというのなら、お母さんが屋敷の中に入ったことがあるとしても、それほど不思議ではない気がした。

「……お母さん、これは、壊さなかったんだ」

「人の心というものは複雑怪奇です。誰もが即座に全ての想いを素直に受け取れるわけではありません。受け取りまでにタイムラグが発生することもあります。ゆらさまはおそらく、受け取ったのです。彼女のご両親が彼女に託した想いを。そして今度は彼女が、想いを託す側になったのではと」

「リチャード、楽ちんモード、楽ちんモード」

「おほん。ここにあなたの写真があるということは、間違いなく、あなたのことをお母さまが大事に思っていらっしゃる証拠です。みのるさま、あなたはとても愛されている」

「……………」

愛されている。

みのるの胸の奥、どこか遠くで燃えていたランプの明かりが、急に近くに寄ってきた気がした。誰かがランプを持って、みのるの心に近づいてきてくれたような。

愛されている。

オーバーな言葉だなとドラマなどで見るたび思ったし、お母さんはみのるに一度もそんなことを言わなかった。そもそもお母さんがそんな言葉を言うところは想像できなかった。

それでも。

愛されているという、言葉の意味は、きちんとわかった。

大事に、大事に、きれいな箪笥の中にきちんと包んでとっておくように。

誰にも壊されないように、ちゃんと保管して、きれいなままとっておくこと。

自分もそんなふうに、お母さんに大事に思われていたのだとしたら。

みのるは泣きそうになり、目元を強く押さえ、唇を噛みしめた。

泣きたくなかった。恥ずかしかったのではなく、ただ、泣きたくなかった。今自分の体から出てゆくものがあるなら、それを呑《の》み込んでもう一度体の中に戻して、全部取っておきたかった。一年後も、十年後も二十年後も、古い本を繰り返し開くように、確認できるように。

みのるは深呼吸をした。屋敷の中はまだかびくさく、埃のにおいがしたが、高い天井と日光のあたたかさもあり、どこかさわやかだった。

みのるは中田正義に向き直り、ポケットの中に手を差し込んだ。

入っているのはばんそうこうではなく、名刺入れである。

「中田さん、これ」

黒いケースを差し出すと、中田正義は頷いた。

「ああ、カードケース」

「……いただいたもの、一度落としちゃったんです。それを……」

「おほん」

リチャードが優しく咳《せき》払いをした。そんなことは言わなくていい、という意味なのかもしれなかった。あるいは本当に、何かの事情で中田正義には伝えてほしくないのかもしれなかった。みのるは微笑み、ごくごく簡単に告げた。

「やっぱりこれ、お返しします。使いどころがないし、おとなっぽすぎるし……」

「気にしなくていいよ。俺がみのるくんにあげたかったんだ」

「でも、ここに鍵が」

みのるは名刺入れを開け、『中田正義』の名刺の裏から黒い鍵を取り出し、差し出した。

忘れ物ですよね、と見上げると、中田正義は変な顔をした。

「え？」

「え？　……ああ！　俺、説明しなかったんだっけ！」

みのるがぽかんとすると、中田正義はさーっと青ざめていった。隣ではリチャードが、
柳のような眉をきっと吊り上げている。

「正義」

「ご……ごめん……みのるくん、本当にごめん……俺、言い忘れてて……」

「この期《ご》に及んで言い訳は無用では？　説明して差し上げなさい」

「はい」

うなだれた中田正義は、一度深々とみのるに頭を下げたあと、みのるの手から鍵を受け
取り、今度は逆に差し出した。

「これ、神立邸とみのるくんの家の間にある門と、屋敷の西口の扉を開ける鍵なんだよ。

みのるくんに渡したかったんだ」

「えっ」

「この鍵は俺たちが神立邸の所有者の人から預かってきたものだけど、みのるくんの家にもこれと同じものがあったよ。ゆらさんの許可をもらって、それは俺が預かってる」

　ほらこれと、中田正義はポケットを探り、犬のキーホルダーのついた鍵を取り出した。名刺入れに入っていたのと同じ、小さなサイズのもので、確かに凹凸《おうとつ》も同じようだった。

「家の裏にバケツが重ねてあったから、もしかして乗り越えてるのかなって……だったら鍵があったほうが便利だろ」

「正義、何故、そうと、説明しなかったのです」

「説明した気になってたんだよ……！　あぁあ俺の馬鹿。馬鹿野郎。みのるくん、ごめん。本当にごめん」

「みのるさま、こちらの方にはやや粗忽《そこつ》なところがありますが、気立てはとてもよいのです。一週間ほどなぶったら、適当なところで許して差しあげてください」

「も、もちろんです……！」

「いやリチャード、一週間なぶるってどういうことだよ」

「何の取引もなしに罪を許せと？　何故兄という生き物は揃いも揃って厚かましいのか」

「返す言葉もございません……」

　中田正義とリチャードの会話は親密さに満ちていた。何を言っても許してもらえるという空気がいっぱいで、聞いているとみのるも気分がよくなってきた。

中田正義は平身低頭しつつ、みのるに説明を続けた。

「この鍵は、これからも必要になると思うんだ。このお屋敷には、ひっきりなしに仕事で来る必要があって、たぶん俺はこれからいりびたりになると思うから。そういう時にはみのるくんも、お屋敷に入れたほうがいいと思う。友達を呼ばれると少し困るから、来る時は一人で来てほしいけど」

「わ、わかりました」

「それからみのるさまのお家についても、説明が必要ですね」

「わかってるって」

中田正義は恥ずかしそうにしながら、それでも背筋を正し、みのるに向き直った。

「みのるくん、今は俺と一緒にあのマンションに住んでるけど、みのるくんさえよければ、みのるくんの家も今まで通り使いたいんだ。定期的に掃除もしたほうがいいだろうし、虫がわいたりしないかチェックもしたいし。お母さんが戻ってくるまでずっと、無人のままだと心配だから」

「要するにこの人は、あなたに霧江家の共同管理人になってほしいと言っているのです」

「かんりにん……」

「見回りをしたり、掃除をしたりする人ということです」

それはつまり、中田正義のマンションに住みながら、好きな時に家に帰っていい、ということのようだった。

　みのるはほっとため息をつき、自分が笑っていることに気づいた。快適な住居を差し出してくれた中田正義に、そんなことを頼んだら失礼になるのではないかと思っていたことを、中田正義の側から申し出てくれたことが嬉しかった。

「頑張ります。僕の家なので……お母さんが安心して帰ってこられるように、ぴかぴかにします」

「俺も一緒に片づけをする。なるべく何も捨てないで済むように工夫するよ」

　みのるは頷いた。

　そしてはたと、不思議なことに気づいた。

「ところで、リチャードさんは、今どこに住んでるんですか？」

「こちらです」

「……神立屋敷に？」

「二階は既《すで》に快適です。ベッドルームも広々としていますよ」

　それにしても、周りはジャングル状態である。外に出るのも一苦労のはずだった。

　みのるはぽろりと口にした。

「……何で中田さんのマンションに住まないんですか？」

「は？」

呻いたのはリチャードだけだった。中田正義は沈黙している。

しばらくぼうっとしてから、リチャードはぱちぱちと瞬《また》きを繰り返し、少し顔をそむけたあと、視線を流すようにみのるを見た。

「……私はお邪魔では？」

みのるは中田正義を見上げた。中田正義はほら見たことかと言わんばかりの顔でリチャードを見ていた。

「なあー！　言っただろ！　みのるくんは『邪魔だ』なんて言わないって。俺が言ったとおりだ」

「しかし今はあなたとみのるさまの関係性構築に非常に重要な時期です。私は」

「みのるくん、頼みがある。リチャードも一緒にマンションに住んでいいかな。俺実は毎日、ここに朝食のデリバリーをしてるんだけど、けっこうしんどくて」

「正義！」

「いいだろ本当のことなんだから。大体お前、なかなか起きてくれないから」

「正義」

「フレンチトーストがやわやわになっちゃって」

「正義……！」

「わがままを言わせてもらうならなあ、俺は今まで通り、あったかいうちに食べてほしいんだよ！」

中田正義は宣言した。非常に重要なことを告げるように、はっきりと。

リチャードは何も言えず、青い目を見開いて黙り込んでいた。

みのるはしばらく、二人の顔を見比べていたが、タイミングを見計らって、そっと挙手をした。どうぞ、と二人が同時に手で促したので、みのるは笑って口を開いた。

「あの、もしリチャードさんさえよければ、一緒に住んでほしいです。お部屋はたくさんあるみたいだし……」

「しかし、正義はあなたと一緒に大事な時間を過ごしたいと」

「で、でも、リチャードさんとも一緒に過ごせたら楽しいと思うし……それで、あの……」

もじもじとするみのるは、意を決して切り出した。

「……よければ英語、教えてください」

その瞬間、中田正義が息をのんだ。え、とみのるが見上げると、青ざめた顔で首を横に振っている。悪魔と恐ろしい取引をしようとしている人間を引き留めるように。どうかしたんですかと尋ねる前に、みのるはリチャードに手を取られていた。優しく、力強く。

人形めいた美貌の持ち主は、うっとりするような笑みを浮かべてみのるを見ていた。

「みのるさま、あなたは英語に熟達したいとお考えなのですね」

「…………え？　は、はい。あの、中学に入ってから、全部よくわからないので」

「言語というのは道具です。使えば使うだけ操作に秀でることは言うまでもありません。それで、いかがでしょうか、これから一週間に一度、私たちの間で英語しか喋らない日を作るというのは」

「ストーップストップストップストップストップ。リチャード、ストップだ。駄目だ。日本の中学一年生なんだぞ。要求がいきなり高度すぎる」

「しかし最近の学習指導要領では、英語学習は小学校課程の頃から開始されていると」

「それは、キャットとかドッグなんかの単語学習とか！　歌とか！　そういうやつなんだよ！　一日英会話は無理！　大学生の俺だってしんどかったんだからな」

「何を今更。楽しそうだったではありませんか」

「あれはお前と喋りたかったから」

　話を追っていると、どうやらリチャードは中田正義の英語の先生でもあるようだった。そんなに歳が離れていないように見えるのに、リチャードの前だと中田正義が生徒か何かのように見えるのも不思議だった。そして二人はとても楽しそうに話していた。

　二人の会話が途切れた時に、みのるは口をはさむことにした。

「中田さんとリチャードさんは」

「『正義』って呼んでほしいなあ。リチャードだけファーストネームで、俺だけ『中田』

は、ちょっとつらいよ」

「怖気《おぞけ》が走る。今の口調はまるで誰かの『お兄ちゃん傷ついちゃうな』にそっくりでした」

「そんなことないだろ……！」

中田正義とリチャードは、またわいのわいのと言い合い始めた。

みのるは嬉しかった。

中田正義が自分に、頼み事をしてくれるのが嬉しかった。

みのるは笑って、お腹に力を込めた。

「じゃあ……正義さん。これからも、よろしくお願いします」

「やった！　ありがとう、みのるくん。それで」

さっき何て言おうとしてたの？　と。

尋ねる中田正義に、みのるは少し考え、思い出してから、軽く告げた。

「正義さんとリチャードさんは、すごく仲がいいんですね」

顔を見合わせた二人の大人は、二者二様に微笑んだあと、それぞれに丁寧な素振りで、
みのるにお辞儀をしてみせた。

朝の七時。みのるは音楽で目覚めた。家の中で誰かが歌っている。

おはよう　おはよう　朝がきた　今日もいい天気
おひさまがキラキラ　お花も咲いてる
ベッドにさよならして　さあ服を着替えよう
目をさまさなきゃ　じきに　ごはんがさめちゃう

白米　味噌汁《みそしる》　サラダに　卵焼き
ほかほかの　あさごはん
できたての　あさごはん

壮大な、美しい歌声だった。今まで一度も聞いたことのない、お腹の底から力いっぱい歌い上げるようなタイプの声である。そういえばこのマンションの壁はかなり盤石《ばんじゃく》な防音だと、正義が言っていたことをみのるは思い出した。
みのるは顔を洗い、制服に着替えて、声の聞こえてくるダイニングに向かい、おはようございますと声をかけた。

正義は右側奥のベッドルームの入り口に向かって、『ほかほかのあさごはん、できたてのあさごはん』のところだけを繰り返し歌っていた。昨日からリチャードが使っている部屋である。みのるに気づくとにこりと笑った。

「おはよう！」

「……今日は、和食なんですね」

「うん。朝ごはんの種類で歌詞が変わるよ」

当たり前のことを告げるように正義は言った。みのるが首をかしげると、ああ、とエプロン姿で微笑む。

「これ、もう年単位で歌い込んでるんだ」

「…………？」

「目覚ましソングなんだよ。おーい！　ほかほかのあさごはーん、できたてのあさごはーん！」

正義は歌に合わせて腕を広げ、扉の奥に歌声を叩きこんでいた。

数秒後、ガチャリと音がして、ベッドルームに続く扉が開いた。

「おきています」

みのるは息をのんだ。

金色の髪を多少乱した、白い衣服のリチャードが、本物の幽霊のように佇んでいた。平衡感覚がおぼつかないようで、頭がゆらゆらと揺れている。正義はにっこりと笑い、扉の取っ手をつかんだ。まるで二度と閉じることができないようロックするように。

「おはよう」

「おきていますので」

「弁当もできてるぞ。今日は銀座だろ」

「おきていますので、だいじょうぶです。では」

「『では』じゃない。戻るな、戻るなって。起きろ。朝だ。ＪＳＴで七時だ」

「我已经醒了所以没有问题……」

「問題ありすぎだ！　大体、みのるくんのいるところでは日本語で喋るって昨日決めただろ。人の話してる言葉がわからないのは不安だし、単純に失礼だ」

「…………みのるさま……？」

数秒、リチャードは沈黙していたが、五秒ほど経った頃、電源の入ったロボットのようにハッとし、勢いよく扉を閉めてベッドルームに戻った。

十五分後、再び部屋から出てきたリチャードは、輝くような美貌と万全の理性で武装していた。一分の隙《すき》もなく整えられた髪に、寝起きの気配もない顔貌《がんぼう》。スーツの上下。

「おはようございます。ごきげんよう、みのるさま。いい朝ですね」

ネクタイをしゅっと整えながら、リチャードは微笑んだ。みのるもぎこちなく微笑み返した。

「お見苦しいところをお見せしました」

「そ、そんなことないです……」

「みのるくん、よかったよ。みのるくんのおかげで、リチャードの寝覚めが未だかつてないくらい最高だ。何て感謝したらいいのかわからない」

「正義……」

「あの、僕、何かの役に立ってるんですか」

「立ってる、立ってる！　明日もこうならいいんだけどなあ！」

「おほん。おほん」

派手な咳払いのあと、リチャードが席に着いたので、みのるも正義も着席した。

白米に味噌汁。サラダに卵焼き。

ほかほか、できたての朝ごはんは、正義が歌った通りのメニューだった。おまけのように甘辛いオレンジのタレがついた鶏肉《とり》もついている。

いただきますと三人で唱和してから、みのるはごはんを一口食べ、味噌汁を飲んだ。大根とわかめとサツマイモの入った、みのるの大好きな味だった。リチャードも無音で食べていた。日本人とはかけ離れた容貌の人間とは思えない、流れるような箸《はし》使いに、みのるは静かに驚いたが、失礼になりそうなので何も言わなかった。

正義は微笑み、しばらく食事をする二人を眺めてから、自分の箸に手を伸ばした。

「やっぱり土鍋で米を炊《た》くと、気分が上がるなあ。ＩＨも好きだけど俺はガスレンジから逃げられない運命だよ」

「ほかほかで、おいしいです……」

「よかった」

「大変おいしくいただいております」

「そりゃあよかった」

正義は再び笑い、自分も白米をぱくついた。

つい最近まで全く知らなかった大人二人と、朝ごはんを食べている自分が、みのるは不思議だった。ずっとこうしていたと言われても、何となくそうだったかなと思ってしまいそうなほど、何の違和感もなく食事をしている自分が信じられなかった。朝ごはんも不思議なくらいおいしかったが、それが毎日続くので、今はもうそれほど不思議なことでもなかった。

みのるは味噌汁と白米をおかわりし、ほどほどの満腹になるまで食べた。あまり食べすぎると学校に行くのが嫌になってしまう。そうすると良太と遊べなくて、ちょくちょく顔を見にやってくる真鈴にも会えないので、それは嫌だった。

ごちそうさまでしたと挨拶《あいさつ》をして、みのるは三人分の皿を洗い――そういう分担になった。お皿を下げるのはリチャードの担当である――リュックを背負って玄関を出ようとした。正義がギンガムチェックの包みを持って追いかけてくる。弁当を忘れていた。

「ありがとうございます」

「今日は炊き込みご飯だよ。おかずはお楽しみ」

「では、私もそろそろ」

「リチャードも弁当！　弁当！」

はいこれ、はいこれと、二人にそれぞれ大きさの違う弁当を渡し、正義は満足げに笑った。

「じゃ、いってらっしゃい」

「正義、今日の夜は」

「会食があるから夕飯いらないんだろ。おにぎり作ってテーブルに置いておくから、夜に小腹が減ったら食べてくれ」

「そのようなことは……」

「俺がやりたいだけだから気にするな。じゃあいってらっしゃーい！　ちなみに俺もあと十五分で出るから、ぱぱっと出かけてくれると助かる」

「はい！」

「では、行ってまいります」

二人でマンションの部屋を出て、エレベーターホールに向かいながら、みのるはリチャードの顔を見た。並外れた美しい顔の持ち主だったが、それ以上に愛嬌《あいきょう》のある人だとわかって、みのるは嬉しかった。朝が弱いこともわかったが、それは言わないほうがいい気がしたので黙っていた。

「みのるさま、何やら嬉しそうですね」

「……『さま』は、ちょっと」

「この呼び方は私の性分のようなものです。どうぞお許しください」

「わ、わかりました……あの、これから、東京にお出かけなんですよね」

「首都高を使えば四十分です。大した距離ではありません」

チーンと音がして、エレベーターが一階に到着した。カウンターのあるフロアを抜け、ガラスの扉を出ると、リチャードは建物の周囲を回り込み、駐車場へと向かう。

その前に、金髪の麗人《れいじん》は立ち止まり、みのるに微笑みかけた。

「それではみのるさま、楽しんでいらしてください」

「はい。リチャードさんも、お仕事、楽しんできてください。ええと、変な言い方かもしれませんけど……」

「はい。楽しんでまいりますよ」

軽く手を振り、リチャードは駐車場へと消えていった。キュッキュッ、という動物の鳴き声のような音がして、車高の低い緑色の車のヘッドライトが瞬く。鼻のあたりに何かの動物のエンブレムがついていた。

あの車にもいつか乗せてもらえるかな、と思いつつ、みのるは駐車場を離れ、坂道を下り始めた。学校までの距離は二十分ほどである。坂を下って、橋を渡って、駅前の通りを抜けたらすぐだった。

「…………」

見上げると、桜の花びらが一枚散ってゆくところだった。しなやかな枝から青空に向かって、小さな若葉が顔を出し始めている。

日差しを顔に浴びながら、みのるは学校への道のりを一歩踏み出した。

case. 4.5

大人たちと名刺入れ

「だから一体何を探してるんだよ」

「見つかればそれとわかります」

「ヒントだけでもいいから」

「じきにわかります」

俺が山手《やまて》にやってきて数日後。神立《かんだち》邸で奮闘しているはずのリチャードは、いきなり俺を呼び出し、「草取りをしよう」と提案してきた。もちろん、近いうちにする予定ではいたことだ。邸宅の周りは荒れ果てていて、周辺住民の皆さまにはジャングル屋敷などと呼称されている始末である。だがそれはもっとあと、屋敷の中が最低限片づいて、防犯設備が整ってからの話であるはずだった。そもそも庭の整備に関しては、しばらくしてから庭師さんを呼ぼうという話になっていたのに、一体どういう風の吹き回しだろう?

とはいえリチャードはやる気になってしまい、珍しく作業着の上下に――こういう時でもTシャツではなく襟《えり》のあるシャツを着る根性を俺は尊敬する。下は砂色のチノパンだ――軍手をはめ、時代劇に出てくる旅する姫君のような紗《しゃ》の覆《おお》いつきの麦わら帽子をかぶって、雑草を抜きまくっていた。とはいえ目的がそれだけではないのは、しばらく観察していると明らかだった。

何かを探している。

地面に落ちているはずの、そんなに大きくないサイズの何かを。

「落とし物でもしたのか」

「ええまあ」

「……そんなに俺に言いにくいもの？」

「ええまあ」

「わかった。じゃあノーヒントで俺も頑張るよ」

まあいい。言いにくい落とし物の一つや二つや三つ、誰にでもあるだろう。

俺とリチャードは、地面にしゃがみ、背中を預け合うように反対側を向きながら、もくもくと地面を探った。雑草を抜いてゆくと、雑草ではない植物も見えてくる。かつてこの庭に植えられていたのであろう植物たちの痕跡《こんせき》を、俺はできるだけ頭の中に留めておくようにした。最終的に庭を整備する時に、少しでも昔の姿に近づけられるように。誰に頼まれたわけでもないので、そんなことをする必要はないのだが、俺は何となく、そうしたいと思っている。

「新生活はいかがですか」

リチャードが背中越しに声をかけてくる。俺は笑って応じた。

「ジェフリーさんには一生頭が上がらない。贈与税は正直怖いけど」

「あれに言わせれば、私たち一族はあなたに永遠に返せないほどの借りがあります。イーブン、あるいはまだ、あなたのほうが貸し分が多いのでは？」

「冗談にしても笑えないよ」

貸し借りで考えるなら、俺は明らかに、いろいろな人からあらゆるものをもらいまくっている。『過剰借り入れ』状態だ。ローマ時代の軍人政治家ユリウス・カエサルも、借金をしまくる人だったらしく、逆に金貸しが『貸し倒れ』を恐れ、金を貸し続けたなどという逸話《いつわ》も残っているらしい。得な話だなあと思うが、俺もそんなふうになっていないことを祈るばかりだ。少しずつでも恩を返してゆきたい。それができないのなら、せめて循環させてゆきたい。

俺がもらったものを。

違う形でもいいから、誰かに返してゆく形で。

「いい子ですね」

再びリチャードが声をかけてくる。いい子。思い当たる相手は一人しかいない。

「ああ、みのるくんか。観察してるのか？」

「これだけ家が近ければ目に入ります。昔のあなたを思い出しますよ」

「ええ？　俺、お前と初めて会った時、もう大学生だったんだぞ」

「雰囲気がどことなく、似ています。一生懸命で、頑張り屋で」

似ていると。

そう言われた時、俺は不意に手を止めてしまった。リチャードには気づかれたくなかったが、察しのいい男はそれと悟ったらしく、つられたように動きを止めた。ああ。

「失礼。私は一体何を」

「いいよ。そういう意味で言ったんじゃないってわかってる」

似ている。それはそうだろう。俺とみのるくんは、生物学上の父を同じくしているのだ。染野閑《しめのひさし》。

俺の知る限り、父親としては最低最悪の男。暴力沙汰《ざた》で妻と別れ、その後十年以上経《た》ってから、金をせびりに息子の前に現れるろくでなし。あいつのことを考えると、未だに体中の血が怒りで沸騰《ふっとう》するような錯覚を覚える。リチャードたちと中田《なかた》さんの力がなかったら、大学生だった俺は一線を越えていたかもしれない。俺はあの時ホームセンターで包丁を買ったのだ。

俺の前から姿を消して以降、あの男がどうしているのかは知らない。知りたくもない。これからも一生、死ぬまで、知らずにいられたらいいと思っていたのに。

「正義《せいぎ》」

「ん？　どうした」

「…………ジローとサブローの到着が、待ち遠しいですね」

「検疫《けんえき》が長いからなあ。こっちに来たらこれでもかってくらいハグしまくって撫《な》でまわして、嫌な顔をされるのが楽しみだよ」

ジローとサブローというのは、スリランカの社宅で、俺とリチャードが飼っていた二匹の犬のことである。日本への転居を急いだほうがいいかもしれないと、みのるくんの家庭環境の説明を受けた俺は、可能な限りの最高速でこの街に住居を構えたので、二匹の犬を一時的に置き去りにする羽目になってしまった。今頃は隣の家のヤーパーさんのことを、本当の飼い主だと思っているかもしれない。

「煽《あお》りを食うのはいつも、一番ちっちゃいやつらなんだよな」

リチャードがわざと、明るくて楽しい話題を振ってくれたことはわかっている。いくらなんでも犬の話なんて脈絡がなさすぎだ。流れに乗って、明るくて楽しい方向へ舵《かじ》を進めてゆくことが、いつもの俺ならできただろうが、今日はそういう気分にはなれなかった。

みのるくん。

たった一人の家族であるお母さんが、入院しているみのるくん。

あの時、彼の母親であるゆらさんが、俺を誰と勘違いしたのかは明らかだった。自分はもう若くないのにどうしてそっちだけ若いのか、と叫ぶ彼女の目は、動揺の色と、もう一つ、あふれるような寂寥《せきりよう》感でいっぱいだった。

「……たぶんさあ、こっちの家では、あいつは暴力を振るってなかったと思うんだよ。内縁だったゆらさんと、ケンカ別れした様子がないから」

「左様ですか」

「それだけは、まあ、『よかった』なんて言いたくないけど……悪くはなかったのかもしれないな」

あいつが家を離れた時、みのるくんはまだ物心つく前だった。真実、心から、俺はそれを『よかった』と思う。自分の父親がどんな人間なのか知りたいという思いと、こんな人間が自分の父親だなんて耐えられないという思い、どちらのほうが切実に重いのかなど誰にも計れないだろう。

それでも俺は、片方だけ、その重さを知っている。

だからやっぱり『よかった』と思う。

「正義」

「ん？　何か見つかった？」

「まだです」

「じゃあ真面目に探そう。俺も頑張るよ。おっ、これ、蔦《つた》で覆われてるけどけやきの木だ。立派な庭だったんだなあ」

「確かに私には探し物がありますが、それはほとんど、口実です」

「口実？」

「あなたと話がしたかった」

リチャードは俺に背中を向け、淡々と草を取りながら喋《しゃべ》っていた。

俺はそっと、ため息をついた。

「じゃあよかった。俺も二人で話がしたかった」

「電話はしているでしょう」

「電話じゃ伝わるものも伝わらないから、お前だって『話がしたかった』って言ってくれたんだろ」

「ええまあ」

「『ええまあ』ね」

リチャードの秘書として過ごした三年間。ずっと一緒に過ごしてきたわけではない。それどころか、それ以前よりも離れて暮らした時間は長かったと思う。一人で何でもできてしまうワンダフル・インクレディブル・リチャードさまは、基本的にお手伝いを必要としない。ただ、超絶タイトなタイムスケジュールや、お客さま訪問の予定のいくらかを、秘書である俺が調整したり肩代わりする形でサポートしていただけだ。いわばサブのリチャードである。どうしてもリチャード本人でなければというオーダーがない限り――最初はそういうのばかりで逆にリチャードの手間を増やしていたが――どんどん俺はしゃしゃり出て行った。今では逆に、中田さんでなければと言ってくださるお客さまもいらっしゃる。ありがたい限りである。いつでも膨大な仕事を抱えることにはなったが、そのぶんリチャードの寝る前に読む本の数や、ゆっくり訪れる植物園の数が増えるなら、秘書としても部下としても友達としても万々歳《ばんばんざい》だ。

ついでに俺と一緒に過ごす時間も増えるなら。

それもとびきり嬉しいことではある。

「リチャード」

「何です」

「ありがとう」

「……何に対して？」

「俺のわがままを聞いてくれて」

俺、中田正義は、リチャードの秘書である。逆ではない。当たり前だ。

そしてこの突然の転居は、俺の一身上の都合によるものだ。

にもかかわらず、この心優しい上司は、そう俺の上司は、俺と共に再び日本に来てくれた。これまで拠点にしていたスリランカより、移動の便が悪いなどということはない。成田《なりた》にも大阪にも国際空港があるのは日本の強みだ。だがここからはアメリカに飛ぶにもイギリスに飛ぶにも遠い上に、日付変更線を越えなければならない。ジェットラグが友達の宝石商にとって、ここは地の果てのような場所である。お客さまだっていないわけではないが、それでもインドの大都市やアメリカ西海岸に比べれば比較的少ない。住むメリットも同様だ。巨大な屋敷に眠る宝飾品の鑑定などという、まるっきりどんぶり勘定な仕事を請け負うリスクなど、言わずもがな。

それでも。

信じられないという気持ちは、正直二割程度だった。

俺はどこかで、こうなることを理解していた。

リチャードは優しい。

俺が知る限り誰よりも。

それはこの男と出会って以来、今に至るまで、一度も変わっていない事実であり、俺の真実だ。

この選択をした時に、俺はリチャードの運命も、一緒に選択してしまったのだ。

少し湿っぽい声で俺が感謝すると、麗《うるわ》しの宝石商ははなで笑った。

「あなたはご自分の選択を後悔しているのですか？　今になって？」

「いや、それは全くしてない」

「でしたらよろしい」

「よろしい、のかなあ」

「私に後悔はありません。ここにいることに対する懐疑の念も存在しません。あなたのしたいと思うことを、心の赴くまま、なさい。私もそうするまでです」

「………なんか……もう、俺、そろそろ死ぬよなあ」

「は？」

「いや、あんまり幸せだから」

「意味がわかりません」

「これはそろそろ、死ぬよなあって」

「いい加減にしろ。悪趣味なジョークです」

「三年だぞ。もう三年もお前の秘書をやらせてもらってるんだ。これは俺の『幸せ絶頂メーター』が、三年間ずっと高止まりしてるってことだからな」

「…………」

「今のはジョークじゃないぞ。わかってると思うけど」

わかっていてほしい。

俺が今までどれだけ幸せだったか。今もどれだけ幸せか。その幸せのどのくらいの量を、割合を、リチャードが担《にな》ってくれているのか。

どれだけありがとうと言っても足りないだろう。

そういう気持ちがどこまで伝わったかはわからないが、リチャードはしばらく、沈黙を楽しんでから、ふんわりとため息をついた。

「ではあなたの幸せは、私の幸せの隣に座っているのでしょう」

「なら嬉《うれ》しいな。いや、そういう優しい言葉に胡坐《あぐら》をかかないように、俺は日々自省を強《し》いられていてだなあ」

「マルクス・アウレリウス・アントニヌスの本でも読んでいればよろしい」

「何で今『メディテーション』の話になった？　ああそうか、邦題は『自省録』か……」

「あなたもだんだん日本人離れしてきましたね」

「『イギリス人離れ』の概念の化身みたいな誰かに言われてもな」

俺は笑いながら、再び雑草に手を伸ばした。抜いても抜いても草は生えてくるだろう。一度整備をしても、し続けなければ、庭は庭として維持されない。どこまで自分がこの屋敷にかかわることができるだろうと、俺は考える。どのくらいの期間？　何カ月？　何年？　もちろん神立さんたちのオーダー次第で変わってくるだろうが、『鑑定の終わりが見えてくるまで、少なくとも目処《めど》が立つまで』という期間設定は限りなく曖昧《あいまい》だ。

俺の思考を読んだように、リチャードはぽつりとつぶやいた。

「みのるさまは今年で十三歳です」

「え？　ああ、そうだな」

「彼の母親の回復が、どれほど望ましいものになるかは神のみぞ知ることでしょう。日本人の成人年齢を、十八歳と定義するなら五年間、二十歳《はたち》と定義するのなら七年間、あなたにはここに保護者として留まる必要が生まれる」

「わかってる」

「いずれにせよ、あなたは三十代の半《なか》ばになる」

「それなりの、イケてる中年男性になる予定では、あります」

「何故《なぜ》敬語になるのです」

「いやまあ、そうなれなかったら、悪いなあって」

「意味がわからない」

　これはもう、単純な二択だ。

　みのるくんの傍《そば》にいるか、いないか。

　金を出して時々顔を見に来るあしながおじさんになるか、それともがっつりと彼の周りを守る『保護者』になるか。

　独りよがりの考えでしかないかもしれないが、彼にとってどちらが必要なのかと考えたら、俺の前に迷いはなかった。

　だってもし俺が同じ立場の中学生なら、ばあちゃんもひろみもいなくなって、ひとりぼっちになりかけている子どもだとしたら。

　誰かに隣にいてほしいと、何を捨てても願ったと思うから。

「リチャード」

「何です」

「……………いや、ごめん。何を言いたいのか忘れた」

申し訳ないという気持ちは、不思議と薄い。そういう気持ちをおおっぴらに表明するたび、この美しい男が俺を「びんたされたいのか」という目で見ることを覚えてしまったからだ。リチャードにびんたされたことはない。今まで一度も。この男と出会って以来、俺の自己肯定感はうなぎのぼりである。

でも今の俺の中には、言葉にできない、リチャードと共に過ごすうち習得した無数の言葉のどれを使っても姿を現さない、何か巨大な感情が渦巻いている。ただ言葉にできないことによって自分が救われているのを俺は知っている。

もしこの気持ちを言葉にすることができるなら、俺はリチャードに何と言うのだろう。何と言ってこの巨大な感謝と、胸が潰されるような苦しみと、少しの怒りと、泣きたいくらいの愛《いと》しさを伝えるのだろう。

そんなことを口にしたら、俺は壊れてしまいそうだ。

リチャードは草取りをしながら、蟹《かに》のように横歩きし、俺のほうに近づいてきた。そして紗幕をめくりあげ、笑った。どこか得意げな顔で。

「ご心配なく。何の問題もありません」

「…………」

「私は辛抱強い。あなたが言うべきことがあるというのなら、百年でも待ちましょう。まあ、その時には骨と皮になっているかもしれませんが」

「……俺だってそうだよ」

「ではその時は、お墓の中で話をうかがいますよ」

何しろ今の私は幽霊ですので、と。

よくわからない冗談に、俺が眉間《みけん》に皺《しわ》を寄せた時には、リチャードは再びベールを下ろし、黙々と作業に戻っていった。

同じことを二時間ほど続け、そろそろみのるくんが帰ってくるという頃合いに、おや、という声を俺は聞いた。かつて執事夫妻が住んでいた場所である霧江《きりえ》家と、屋敷の西側入り口の動線にあたるあたりだ。リチャードが何かを見つけたらしい。

「ん？　なんだ？　あったのか？」

「……ええ。ありました。お手数をおかけしました」

「よかったなあ。それで結局何だったんだ？　見せてくれよ」

「それには及びません」

「ええっ……？」

いや、それは、それはさすがにないだろう。俺が立ち上がって、リチャードの手の中のものを見ようとすると、リチャードはすかさず軍手をとり、巾着袋のようにそれを包むと、帽子の中に放り込んだ。不思議の国のアリスに出てくる帽子屋のようないかれた素振りだった。

「どうしたんだよ。何を落としたんだ」

「何でもありません」

「見せてくれって」

「嫌です」

「宝石か？　違うよな。商品をこんなところに持ち込まないだろう」

「もちろん違います。あなたが気にすることではありません」

「ちょっとでいいから」

「遠慮なさい」

言いながら、リチャードはジャングルの中をぴょんぴょんと跳んで逃げた。さすがに日々運動を怠《おこた》らないだけあって身が軽い。だがそれは俺も同じことだ。

しゃがみ疲れた俺たちは、雑草だらけの庭の中を野ウサギのようにはねまわり、ふざけた追いかけっこをした。

extra case.

その頃のエトランジェ

「おかしいわ。こんなにあちこちおいしいもので溢《あふ》れてるのに、日本人の平均ＢＭＩは二十二だなんて。絶対おかしいわよ！　もうっこのケーキ！　甘酸っぱくてふんわりさわやかで、夢の中で見る夢みたいな味！　おかしいくらいおいしい！」

「お嬢、食レポの配信か何かやらないんですか」

「そんなことしたら先生にもおじさまにも大目玉を食らうじゃない」

「顔バレしなきゃ怒られもしないでしょ」

「……それもそうかしら……」

銀座《ぎんざ》七丁目。雑居ビルの二階に位置する宝石店『エトランジェ』。

布のクロスをかけられた木製のローテーブルと、赤いソファがトレードマークの店には、西洋人と東洋人が一人ずつ存在した。金髪の少女が一人と、茶髪の男が一人。ローテーブルをはさんで、向かい合って座っている。客人の姿はない。次の予約が入っているのは一時間後である。

テーブルに鮮やかなレモン色のムースを置き、顔いっぱいで『おいしい』と表現しているオクタヴィアに、ヴィンセントは口の半分だけを使って微笑《ほほえ》みかけた。オクタヴィアはクラシカルな白いワンピース姿で、ヴィンセントは会社員然とした紺《こん》のスーツ姿だった。

「何だお嬢、やる気じゃないすか。いよっ、配信者デビュー」

「……やらないわよ！　そんなローテンションで乗せようとしたって駄目ですからね。そもそも観光ビザで入ってきた私が、こんなところでアルバイトしていることだっておかしいのに」

「そんなにおかしくもないでしょう。義理のお父上の従弟《いとこ》のお店なんですから。それに給料は出ていないわけですから、厳密にはアルバイトじゃなくタダ働き……」

「語感が悪いからやめて。『勤労奉仕』よ」

「はいはい、タヴィーさん」

「あなたに『タヴィー』って呼ばれると変な感じがする」

「じゃ、例によって『お嬢』ってことで」

ヴィンセントはローテーブルの上の急須《きゅうす》を手に取り、オクタヴィアの茶器に茶を注いだ。現在は横浜《よこはま》にいる店主の好むロイヤルミルクティーではなく、乾燥した花の入った工芸茶である。エトランジェの奥の部屋には、世界各地の茶葉がいくつも取りそろえられていた。甘い花の香りがふんわりと部屋に漂う。

知る人ぞ知る銀座の名店『エトランジェ』の店主、リチャードが再び日本に戻り、拠点を構えたのは、つい最近のことだった。何の事情があってのことかオクタヴィアは知らなかったが、折しもおじさまことクレアモント伯爵ヘンリーのもとを離れ、しばらく日本に遊学していたタイミングである。たびたびの店番の要請にも気軽に応《こた》えていた。宝石の専門知識を求められることはなく、最低限の丁寧な扱いと身のこなしさえできるのならば０

Kという条件も、働いたことのないオクタヴィアにはちょうどよかった。シャウルというスリランカ人の男性とは、まだあまり打ち解けていなかったが、先生ことリチャードとは、特に何を言うまでもなく通じ合える仲なので問題ない。

リチャードが店に顔を出さない時に、時折やってくるヴィンセント梁《ライ》との関係もまた、言わずもがなであった。

促《うなが》されるままお茶を飲み、一息ついたあと、オクタヴィアは嘆息した。

「……つまんない」

「タダ働きが？」

「だから『勤労奉仕』ですってば。違うわよ」

「じゃあ何が」

「…………何ですぐ帰っちゃうの？」

金色のまつげにかこまれた青い瞳が、じっとりとヴィンセントを見上げていた。

スーツ姿のヴィンセントは、眉間《みけん》に軽く皺《しわ》を寄せた。

「いや、アメリカには帰らないですよ。これから香港《ホンコン》なんで。そのあとはロンドンのオークションの下見会に顔を出して、最後に帰国」

「忙しすぎ。妻子がかわいそうって思わないの？」

「埋め合わせはしてますよ。それに今は忙しくていいんです。金のためなんで」

ヴィンセントは無表情に、金、というハンドサインをしてみせた。面白くないとわかっているジョークを披露するような仕草を、オクタヴィアは慣れた様子で無視した。

「何が金よ。あなたもう、お金持ちじゃない」

「ええまあ、誰かさんたちが先払いでいっぱいくれちゃいましたからね。今はそのぶん働いてるところです」

「律儀な人。ねえ、もっと日本にいたら？　秋葉原《あきはばら》は最高よ。私ラジオ会館に住みたいもの」

「中野《なかの》ブロードウェイもいいですよ。喫茶店がアットホームな感じで」

「……連れてってくれたらいいのに」

「お嬢」

「わかってるわよ。ただの…………何て言うのかしらね。夢物語よ」

「しょぼい夢っすね。受ける」

「笑わないの！」

もとからヴィンセントは笑っていなかった。口に出したあとそうと気づいたオクタヴィアは、恥じ入るように顔を伏せ、再び茶器に口をつけた。

「お嬢、今日このあとの予定は？　暇ですか」

「暇じゃないわよ。シャウルさんが戻ってきたら一緒に部屋を掃除して、お店を閉めて、そのあとはペントハウスに戻って大学の課題をするの」

「ふーん」

気のない様子で呟《つぶや》きつつ、ヴィンセントは何かを計算するような指の動きを見せた。指折り数えるジェスチャーに、オクタヴィアが眉根を寄せた。

「何よ」

「……そういえば日本語には『独身貴族』って言葉がありますけど、お嬢はそのものずばりですよね」

「いきなり何よ。いいわよ、言ってみなさい。何が買ってほしいの？　何でも買ってあげるわ。利子はトイチでね」

「ヤクザ映画で言語学習するのやめましょうよ。どこかの言語オタクに叱られますよ」

「先生のことをオタクなんて言わないでちょうだい！　あれはちょっと、のめりこみすぎるところがあるだけよ」

「誰もリチャードがオタクだなんて言ってませんよ。事実ではありますけど」

「もう知らない」

顔をそむけたオクタヴィアは、食べかけのムースをぐさぐさとフォークで切り分け、情緒のない手つきで口に運んだ。

一連の動作をオクタヴィアが全て終えてしまう頃、ヴィンセントは再び、口を開いた。

「今日片づけるっていう大学の課題、何すか」

「経済学の観点から考える高齢化地域の振興っていうレポート。締め切りが明後日《あさって》だから、今日中に文字数を稼がないと無理ゲー」

「明日は？」

「おあいにくさま。一日中オンライン授業。あなたの飛行機だって明日の朝一番なんでしょ、関係ないわ」

「じゃあお嬢、そのレポート、あと一時間で仕上げてくださいよ」

「はぁ？」

「頑張ってください。で、今夜は俺と遊びに行きましょ」

オクタヴィアは大きな瞳をぱちぱちと瞬《また》かせた。ヴィンセントは最初から最後まで真顔だった。

「…………遊びに行くって、中野ブロードウェイに？」

「いやそれはまた今度にして、今日はナイトクラブ」

「ナイトクラブ!?」

「行ったことないですか。俺わりと、五丁目の店とか好きなんですけど」

「クラブなんて、私、い、行ったこと、ないわ」

「それなりに楽しいですよ。エスコートします」

静かに畳《たた》みかけるヴィンセントに、オクタヴィアは絶句していた。ナイトクラブ。今までの人生の中には存在しなかった文化施設の名前だった。

深窓の令嬢は小刻みに首を横に振った。

「…………それこそおじさまと先生にばれたら、大目玉どころじゃすまないわよ。これでも大富豪なんですからね。今だって外で保険会社の人が見張ってるわよ」

「だから銀座の高級クラブにするんじゃないですか。取って食われやしませんよ」

「でも、クラブなんて……お酒を飲んだらドラッグが入ってて、泥酔したところを」

「嫌なら無理には誘いませんよ。でも絶対、そんなことは起こらないです。隣にずっと俺がいるので」

「…………」

「一緒にパリピごっこしましょ。俺けっこういけますよ。中田《なかた》さんほどじゃないですけど」

「あの人そんなに踊るの」

「あれはやばいですね。キムさんとはまた別のやばさがあります。酒が入るともう見てられないです」

怖い怖いと、ヴィンセントは冗談がかった仕草で手を振った。オクタヴィアは今までに数回過ごした『忘年会』の様子を思い出し、もしかしたらそうかもしれないと考え、嫌な汗をかいた。

「……私もお酒を飲んだら、『やばい』ことにならないかしら。あんまり飲んだことがないの。酔っぱらうのって怖いでしょ」

「じゃあ今回はその練習とでも思ってくださいよ。よっぽどのことになりそうだったら、途中で俺がドクターストップをかけます」

「ドクターじゃないでしょ。どうするのよ、私がべろべろの酒豪になって、止めても止めてもお酒を飲みたがったら」

「その場合はお嬢が飲むたび、俺がテキーラを一ショット飲みます」

「やめて！　あなた腎臓《じんぞう》が一つしかないのよ。そんなことしたら死んじゃうじゃない」

「だからまあ、体を張って止めようかなと」

「…………」

「そんな時まで無謀に飲もうとするほど、お嬢はつまんない人じゃないでしょ。知ってますよ。めちゃめちゃ優しいですもんね」

　オクタヴィアは急に口をへの字に引き結び、むうっと頬《ほお》を膨らませた。なんですかとヴィンセントが呆《あき》れると、小鼻を膨らませる。

「……そういう台詞《せりふ》をぽんぽん言うのやめてもらっていい？　これから一度も恋ができなくなったら、あなたの責任ですからね」

「耐性なさすぎ。ハードル下げすぎです。俺みたいなやつはどこにでもいるんですから、

『これが男の最低レベル』くらいの認識でいてくださいよ。上を見て行きましょう」

「ブルジュ・ハリファくらいの高さになってるわよ」

「そんなことないと思いますけどね。まあでも、仮にそのくらい高いハードルだったとしても、当然といえば当然じゃないすか。ろくでもない野郎に引っかかるお嬢なんか、俺もマリアンも見たくないですから。最低年収は百万ポンドからいきましょう。作れる料理は最低五品以上。椅子《いす》も引かないような男は男の資格がないです」

「よっぽど私を『独身貴族』のままにしたいのね」

「いや単純に、幸せになってほしいだけなんで」

「…………」

「お茶のおかわりいれてきますね」

ヴィンセントはそう言い、急須を持って席を立った。

湯をなみなみと入れて戻ってきた時、オクタヴィアは私物のノートパソコンを立ち上げ、パチパチとタイピングを始めたところだった。

「お嬢?」

「今から一時間、絶対に話しかけないで。意地でもこのレポートを終わらせるわ。お客さまが来ても待たせて」

「それはちょっと無理ですけど、応援してます。ふれー、ふれー、お嬢」

「出かける前にはデパートに寄らせてよね。夜遊び用の服なんか持ってないから。キム姉みたいなのを一式買うわ」

「あれはヒールが高すぎです。今時の流行はスニーカーですよ。足にも優しいし」

「ほんとに世話焼きなんだから」

「お嬢の魅力でフロアが沸くのが楽しみですね。ナンパ野郎はぶち殺しますから安心してください」

「それは、冗談よね？」

「はは」

それ以降、オクタヴィアは無言で、大学の課題に没頭し始めた。

店長室に入ったヴィンセントは、来客を待つ宝石の準備を整えつつ、壁ごしに聞こえてくる小気味よいタイピングの音に耳を澄まし、微《かす》かに頰を緩めた。

※この作品はフィクションです。実在の人物・団体・事件などにはいっさい関係ありません。

集英社オレンジ文庫をお買い上げいただき、ありがとうございます。
ご意見・ご感想をお待ちしております。

● あて先
〒101-8050　東京都千代田区一ツ橋2-5-10
集英社オレンジ文庫編集部 気付
辻村七子先生

宝石商リチャード氏の謎鑑定

少年と螺鈿箪笥

集英社
オレンジ文庫

2022年6月22日　第1刷発行

著　者　辻村七子
発行者　北畠輝幸
発行所　株式会社集英社
〒101-8050東京都千代田区一ツ橋2-5-10
電話【編集部】03-3230-6352
【読者係】03-3230-6080
【販売部】03-3230-6393（書店専用）
印刷所　図書印刷株式会社

ISBN 978-4-08-680451-6 C0193